LE CICOGNE HANNO PERSO IL MIO INDIRIZZO

LAURENCE BOCCOLINI

LE CICOGNE HANNO PERSO IL MIO INDIRIZZO

PIEMME

Titolo originale: *Puisque les cigognes ont perdu mon adresse*

Traduzione di *Cristina Pradella*

Redazione: *Edistudio, Milano*

I Edizione 2009

20145 Milano - Via Tiziano, 32
info@edizpiemme.it - www.edizpiemme.it

Stampa: Mondadori Printing S.p.A. - Stabilimento NSM - Cles (Trento)

A tutti coloro che non sono nati
e non apriranno mai le loro ali,
nel mio cuore.

UNA PAROLA SOLTANTO...

Non è il dubbio, è la certezza che fa impazzire...

NIETZSCHE

Ogni mattino mi alzo come se la sera prima avessi perduto una persona cara. La medesima sensazione che provai quando mio papà e mia mamma morirono. Ricordo che allora aprivo gli occhi, al mattino, e per una frazione di secondo avevo l'impressione che tutto fosse come prima, esattamente come prima, che nulla si fosse mosso e che quella giornata sarebbe stata perfettamente normale. Poi, improvvisamente, senza preavviso alcuno, ecco una strana sensazione, di una cosa sconosciuta che mi stringeva il cuore, un brivido freddo lungo la nuca, una bizzarra vertigine di vuoto in testa.

E allora tutto mi ritornava in mente, in un attimo: se avessi telefonato a casa dei miei, non ci sarebbe stato papà a rispondermi «Ciao piccola» con la sua voce profonda, prima di dirmi «Aspetta che chiamo tua madre, non riappendere...» Non c'era più nessuno, da loro. La casa dei miei genitori mi ricordava una tomba spalancata e, nel silenzio più profondo, i miei ricordi ne prendevano possesso. Da quella casa nessuno più mi risponderà al telefono.

Ma da qualche tempo quell'impressione si è estesa a coinvolgere un'altra parte della mia esistenza. Apro gli occhi e non accade nulla. Tutto sempre uguale. Fisso la parete fino a quando inizia a ondeggiare: ed ecco che, a poco a poco, arriva "la sensazione". L'attendo e sento che freme, forma una vasta onda nera che inizia a frantumarsi all'interno. Poi, finalmente, riemergo nel mondo reale. Il *mio* mondo reale. Là dove tutto si fonde, si aggroviglia in un ammasso di parole barbare, termini saccenti, donne che piangono, pance vuote, e poi cifre, tassi, percentuali, errori, disperazione.

Improvvisamente lo so. E mi sembra davvero strano non poter più dire: un giorno, quando avrò un figlio... In realtà lo dico ancora, ma soltanto quando sono da sola, giusto per provare il piacere di farlo. Proprio come quando, all'età di quindici anni, cantavo in playback davanti allo specchio della mia camera, imitando la cantante dei Pretenders. Dicevo: «Un giorno sarò al Madison Square Garden con il mio complesso!» Poi ovviamente non se n'è fatto nulla. E anche di mio figlio non se ne farà nulla... Non accadrà quello che immaginavo sarebbe "normalmente" accaduto, secondo l'abituale corso delle cose: innamorarsi, volere un figlio, rimanere incinta, partorire con il medico che urla «Spinga forte, signora!» e poi piangere davanti alla videocamera del papà, con il piccolo tra le braccia... Improvvisamente lo scenario è cambiato. Nessuno di questi sogni potrà mai avverarsi.

Ma attenzione, non pensiate che mi siano bastati cinque minuti per arrendermi all'evidenza di non potere avere figli. Cinque anni! Più o meno credo sia questo il lasso di tempo. Cinque anni in cui ci ho pensato ogni giorno, ho provato davvero di tutto, disperatamente, per ottenere quello che volevo, mi sono sottoposta a ogni cura disponibile, ho accettato di inghiottire capsule gelatinose in quantità pari al mio peso, di passare più tempo a fare ecografie che non a guardare la televisione, di crederci e rinunciarci, e poi di piangere, ridere, scoppiare di rabbia e di pena, volere por fine a un giorno nuovo che nasce, mentre le mie braccia rimangono perennemente vuote.

Cinque anni trascorsi osservandomi mani e ventre che si gonfiano, il viso che si riempie, i jeans che scoppiano dopo ogni cura di ormoni, quelle cure che ormai il mio corpo non sopporta più, cinque anni a dirmi che è proprio questo il prezzo da pagare, e che anche se gli effetti secondari sono rari, tutto dipende comunque sempre dalla fortuna personale.

Cinque anni a mangiare ravanelli per perdere venti chili e poter così iniziare le cure, e poi doversi impegnare per riprendere peso in qualche mese, dopo avere mangiato solo ed esclusivamente ravanelli.

Cinque anni passati ad ascoltare i vaneggiamenti, comunque pieni di tatto, sul mio fisico da omino Michelin, in espressioni di alta portata intellettuale: ci si permette di ridere a mie spese proteggendosi dietro un unico neurone, con la certezza che riuscire a entrare in un paio di jeans a vita bassa e taglia 40 protegge da tutti i problemi della vita.

Cinque anni: un periodo lunghissimo. Certo dipende da dove e come lo si trascorre, evidentemente: alla proposta di passare cinque anni alle Maldive, in un hotel a cinque stelle, lasciandosi dolcemente andare mentre si sorseggia un succo di mango ascoltando il mare, direi di sì senza pensarci un istante. Invece tenersi chiuse le dita in una porta per cinque anni è ben più doloroso...

Diciamo che io, da cinque anni, ho le dita schiacciate in una porta.

Alcuni tra voi penseranno senz'altro che avrei potuto tenermi tutto quanto per me stessa. Certo, lo so benissimo che non si tratta di un argomento di primaria importanza, in grado di cambiare il corso dell'universo, e quindi avrei anche potuto salvare qualche albero, decidendo di non dare alle stampe questo libro.

Sicuramente quel genere di giornalisti che ha come unico scopo strappare un invito in un talk-show si divertirà un mondo a demolire con la propria eloquenza questa o quella frase, assumendo quell'aria tra l'afflitto e l'accondiscendente.

Tutto sommato, possono dire ciò che vogliono. Potranno dedurne che è tutta una storia di puro egoismo, semplicemente di puro egoismo? Ma, dopo tutto, saranno in grado di dedurre qualcosa?

L'ho fatto per me stessa. Sì, esatto: volevo solamente lanciare un grido di allarme, chiedere soccorso sperando che una fatina buona mi sentisse e mi venisse in aiuto con la soluzione ai miei problemi. Volevo soltanto condividere queste pagine con le migliaia di donne che vivono la mia stessa situazione, per rivelare loro quanto mi sono sentita sola, lontana dal mondo, colpevole di non essere riuscita a fare il mio bambino. Per dire che ammiro il loro coraggio, la loro determinazione a non lasciarsi andare, e ripeterlo anche a quelle migliaia di coppie che ogni giorno vivono nella speranza e nell'attesa, e che poi trovano ancora la forza di combattere, amarsi, tenersi stretti per scaldarsi a vicenda.

Li incontro spesso, e loro qualche volta mi scrivono anche, solo per rivelarmi cosa fanno e come stanno, per dirmi che incrociano le dita per me.

Per lo meno avrò scoperto questo legame magico e silenzioso... In un mondo in cui una rivista femminile su due parla di maternità, una pubblicità su tre descrive l'utilità di un prodotto attraverso una bella donna incinta avviluppata in un maglioncino d'angora o un neonato già pieno di talento, tra pagine in cui la classifica delle gravidanze più "in" ha un ruolo di primo piano, incastonata tra i primi passi di Suri, la figlia di Tom Cruise, che sfoggia un total look Mulberry ad appena due anni, e l'ennesima intervista a Laeticia Hallyday, che annuncia l'arrivo di un fratellino per Jade (bisognerà che qualcuno prima o poi mi spieghi come hanno fatto in tre anni ad adottare due figli, quando migliaia di coppie attendono in media oltre cinque anni per riuscire ad averne appena uno, in una lotta quotidiana che purtroppo termina troppo spesso con un incomprensibile rifiuto da parte delle autorità). Ma sto divagando...

Volevo soltanto raccontare una storia piccolina, a forma di lacrima. Non è una storia triste, e mi assomiglia.

Non è una confessione. Dopo tutto, per quello che mi riguarda, da qualche mese non è più un segreto per nessuno.

È invece una testimonianza per dirvi che può andare a finire anche così, nonostante tutti gli sforzi, tutti i tentativi, tutte le preghiere, anche le più accorate, forse supplicate troppo forte perché il sogno potesse realizzarsi.

Il cielo avrà senz'altro le sue buone ragioni per non ascoltare tutte le preghiere.

E anche se le cicogne hanno perduto il mio indirizzo, non voletemene se continuo a spiare il battito delle loro ali…

RITORNO

Viaggiamo in silenzio.

In silenzio, perché sonnecchio perdendo pure un poco di saliva, con la testa sballottata da un lato all'altro e la cintura di sicurezza che mi segna la faccia e mi impedisce di finire contro il cassettino del cruscotto a ogni buca.

Abbiamo ritardato al massimo il nostro rientro a Parigi. Al limite del ragionevole. Ma non potevo rientrare. Non ancora. Aggrappata alla mia sdraio sul bordo della piscina, nell'hotel semideserto, mi sentivo invincibile, al riparo, sotto lo sguardo benevolo del personale che lentamente tentava di riprendersi dal tour de force estenuante dell'alta stagione, con gli americani travestiti da Paul Cézanne e gli inglesi coperti di crema solare che pretendevano ketchup per il melone, "tomato-mozza" a mezzanotte, Nuits-Saint-Georges del 1977 con ghiaccio alle quattro del pomeriggio e taxi a tutte le ore per fare cento metri fuori dall'hotel.

Il dolce sole settembrino sapeva scaldare il mio ventre arido e freddo come un cielo di Toussaint. Una tomba vuota. Ho fallito di nuovo... Se rientrerò a Parigi dovrò ricominciare tutto daccapo, ancora una volta, e poi ancora... Ma allora perché non decidere di fermarmi qui? Perché non salvarmi da vigliacca, fingendo di non sapere che la vita e il dolore ci attendono là fuori, al di là della circonvallazione, a casa nostra...?

E invece le valigie sono già nel bagagliaio, e quindi non c'è modo di sfuggire all'ineluttabile. Nella hall dell'albergo ci salutano con grande calore. Dovevamo restare quindici giorni, e invece ci siamo rimasti un mese... Quasi un mese intero.

«Arrivederci, a presto, e grazie di tutto. Per l'accoglienza, il sole e tutto il resto... Ma certo che torneremo! Che domanda. Come? Ah no, preferiamo l'auto al TGV, il viaggio è più lungo ed è come se avessimo ancora qualche ora di vacanza in più, soprattutto se verso Lione troviamo qualche coda. A presto, a prestissimo!»

Poi ci dirigiamo verso l'auto, come toreri nell'arena, sotto le urla della folla in delirio. Anche se in realtà a osservarci ci sono soltanto la signorina della reception e l'adorabile direttrice dell'albergo, che ci sussurra con tono pieno d'affetto e d'intesa: «Siete così carini tutti e due. Tornate presto!».

Ringraziamo, un po' a disagio per tanta gentilezza.

E poi, eccolo, all'improvviso. La coltellata, il colpo di accetta, lo sfregio con il pugnale, la ferita con la spada, il lungo chiodo arrugginito infilato nella carne: «Dovrete pensarci prima o poi a farci un bel bambino!».

Fa sempre male, persino dopo tutto questo tempo. Lei non può saperlo, non l'ha fatto apposta.

In un caso simile, la nostra coppia funziona abitualmente a meraviglia. Insieme, fingiamo una risposta evasiva e garbata: «Ci penseremo, sicuramente... In futuro, forse, ma per il momento lavoriamo molto, e quindi...».

Non osiamo mai aggiungere: «Tanto c'è tempo», perché in realtà io, di tempo, non ne ho più.

Invece questa volta rimaniamo in silenzio. Soltanto un minimo gesto della mano per dire arrivederci, un sorriso forzato e triste verso quelli che restano, e non sanno. Sto abbandonando il mio rifugio antiatomico, e ho paura.

Viaggiamo in silenzio.

«Conviene fare il pieno prima di entrare in autostrada, altrimenti...», dice lui all'improvviso.

Qualche platano, degli alveari, e poi un campo di lavanda, un casale in rovina, ulivi, una deviazione, un centro commerciale con un Leroy Merlin, un Gémo, che vende abiti per donna, uomo e bambino, e la Halle aux Chaussures, per le scarpe. Schiaccio il naso contro il vetro, come quando avevo dieci anni.

«Oh, eccone uno!», dico mostrando un interesse che non provo.

«Uno cosa?»

«Ma per il pieno! Un distributore di bambina, no? Oddio, mi hai sentito? Che lapsus! Ho detto "di bambina" invece che "di benzina". Che errore assurdo, no?», dico mettendomi a ridere stupidamente, cercando per lo meno di salvare la faccia.

«Sì, l'ho sentito.»

Vero che è buffo? Da morir dal ridere, no? No?!

Da morire dal ridere.

Da morire…

Alla fine decidiamo di far benzina dopo, tanto la spia con la lucina rossa non è ancora accesa, e quindi…

Continuiamo a viaggiare in silenzio.

INTROSPEZIONE

Sono come una bambola rotta, con gli occhi caduti dentro.

CIORAN

Che immagine ho del mio ventre?

Vedo là dentro braccia scarne, rosso fuoco, che uccidono, strappano e bruciano completamente tutto quello che cerca di farvi il suo nido. Una terra avvelenata, dove nessun seme riesce a germogliare, inaridito e morso dal sale.

La cosa che dovrebbe essere più naturale, più semplice, per me è invece impossibile. Riprodursi. Procreare. Fare come le generazioni che mi hanno preceduto: creare esseri viventi che formeranno la stirpe futura. L'ordine delle cose che... Facile, no?

Di principio è così...

Ma allora, perché non ce la faccio?

Perché capita proprio a me? Questa particolare catena di montaggio perfettamente oliata sin dalla notte dei tempi si blocca per causa mia, sono io che non riesco a farla funzionare! Come se qualcuno avesse stabilito che io non posso provare quella felicità, che non può passare attraverso di me...

Ma perché? Cos'ho fatto di male, e soprattutto a chi l'ho fatto?

Ecco, finalmente le parole mi sono uscite. Ma cosa avrò mai fatto per essere punita in questo modo?

Cerco giorno e notte una risposta. Soprattutto di notte, quando rimango con gli occhi spalancati come un gufo eccitato e insonne, fisso il soffitto e lascio scorrere dinanzi a me le immagini della mia vita, anno dopo anno, minuziosamente, come la première di un atelier di moda che controlla il lavoro attento delle sue sarte prima della sfilata. E controllo e ricontrollo, fino a quando il sonno mi prende e mi porta via (in genere mezz'ora prima che suoni la sveglia).

Trascorrere la propria esistenza a vagliare ogni cosa ha i suoi vantaggi. Vi permette di ritrovare ricordi perduti nell'angolo più remoto della vostra memoria, di rispolverarli, di vagliarli e smistarli, sia trascorrendo un momento piacevole con voi stessi, sia fremendo di dispiacere ricordando il viso di coloro che vi hanno abbandonati per sempre, lasciandovi senza una risposta né una parola di addio...

Sono stata una cattiva figlia. Dato di fatto o sensazione inventata?

Non è certo facile da verificare, dato che i miei genitori non sono più al mondo.

Tutto quello che posso dire è che sono stata un'adolescente che pareva uscita diritta diritta da *La sposa di Chucky*. Mia madre non l'ha mai nascosto ad alcuno. Pur ammettendo che, proprio come me, aveva una certa tendenza a esagerare le cose, devo confessare che non si sbagliava poi del tutto. E lo si vede pure nelle fotografie dell'epoca: quindici anni, la frangia fino a metà naso, l'acne ribelle, il maglione troppo grande, i jeans troppo stretti e gli occhi eccessivamente neri (grazie a quel famoso bastoncino di khol indiano che riusciva a trasformare una gentile ragazza degli anni Ottanta in un panda imbronciato).

Quindici anni, con una risposta pronta per tutto e la voglia di nulla. Con *Il giovane Holden* di Salinger sotto il braccio, cercavo il mio stile strascicando i piedi. Una situazione di certo non facile da gestire per papà e mamma, che all'epoca avevano l'impressione di vivere giorno dopo giorno con un'ostrica: a volte così chiacchierona, a volte così chiusa e così dura che lei... Molto più tardi, quando i figli dei miei amici sono diventati a loro volta adolescenti, ascoltando il racconto della loro vita di tutti i giorni ho avuto la conferma che non ero stata un caso isolato, tutt'altro, e che l'adolescenza era in grado di trasformare, in qualche mese appena, il piccolo lord Fauntleroy in Marilyn

Manson. Pensando ai miei genitori, ammetto che sarà stato di sicuro uno choc assistere alla mia trasformazione da piccolo topolino dell'Opéra in somma sacerdotessa del gotico – prima ancora che diventasse di moda!

Ma si può allora riassumere la mia carriera di "figlia di" solo attraverso questi termini ben poco lusinghieri? Spero proprio di no. E la mia speranza è che papà e mamma, se fossero ancora vivi, mi direbbero qualcosa per rassicurarmi. È soltanto una mia speranza... Ovviamente mi spiace non avere loro detto più spesso quanto li amassi, ma probabilmente lo sapevano senza che glielo avessi mai messo nero su bianco. Insomma, ci si amava come si poteva, con la certezza di essere insieme, una famiglia come le altre, esposta a tutti i dispiaceri, a tutte le porcherie che la vita può riservare, ma unita, anzi saldata nel bene e nel male, senza effusioni superflue, senza dichiarazioni d'amore esagerate, insomma che usava solamente le parole della povera gente di cui parlava Léo Ferré.

Certo, sicuramente non sarò stata la figlia che avevano sognato, ma possibile che il mio atteggiamento meritasse una pena simile?

È quel periodo, allora, che dovrei analizzare? È là che dovrei iniziare a fare ricerche?

O forse dovrei partire dai vivi che potrebbero rispondere chiaramente alle mie domande?

Mettiamo che sia stata una figlia "media"... allora potrei essere stata considerata anche un'amica "deludente"? Così poco leale da pagarne ancor oggi le conseguenze?

Ho iniziato quindi a investigare presso le mie compagne di scuola e di liceo. Ero rimasta in contatto con qualcuna, a riprova che almeno loro avevano trovato la mia compagnia gradevole in un certo momento della loro esistenza. Per quelle che erano solo compagne, le domande furono brevi, le risposte molto positive. Ma quando mi profondevo in mille scuse per non averle chiamate più spesso, mi davano tutte, più o meno, la medesima risposta. La faccio breve: «Sai, la vita ci allontana inesorabilmente l'una dall'altra, indipendentemente da dove si è arrivati. Ma anche se non ci si sente tutti i giorni o ci si perde di vista non vuol dire che si è cattivi...».

Il che secondo me significa: «Rompi con le tue domande strane. Posso richiamarti io perché – vedi – sono davvero contenta di sentirti, ma sta arrivando il mio metrò (oppure i bambini stanno tornando da scuola, o mio marito mi sta chiamando sull'altra linea, sto per imbarcarmi sull'aereo, o ancora sono solo le due del mattino, a Montréal, e ho sonno...)».

Ecco perché ho preferito lasciar perdere, quasi subito.

Non era evidentemente questa la strada giusta, e allora ho provato con i miei migliori amici.

Ma giunta al terzo colpo di telefono – si intende, sempre per la mia inchiesta personale – ho avuto una visione decisamente sconcertante dei miei rapporti con coloro che amavo e che mi amavano: erano commossi.

Sì, commossi... Una cosa che non avevo di certo preso in considerazione nel mio questionario. Ero io che egoisticamente cercavo di rassicurarmi in tutta questa faccenda, e invece mi ritrovavo a consolare coloro a cui facevo le fatidiche domande, e che provavano prima sorpresa e poi tristezza per la mia situazione, al punto da non riuscire quasi a contenere le emozioni. Evidentemente traevano tutti qualche conclusione, e io non potevo far altro che cercare di tranquillizzarli: «Ma no! Va tutto bene... era soltanto per sapere, tutto qui! Non volevo mica farti piangere, ti ho solamente chiesto se per te sono stata proprio un'amica come la volevi tu, nel qual caso sarebbe bello saperlo, non trovi?».

E invece non tutti gli amici capivano, forse perché nessuno aveva mai fatto loro una domanda simile, e la cosa li spiazzava. Uno giunse addirittura al punto di arrivare fino a casa mia, venti minuti dopo che avevamo finito la nostra conversazione, e solo per verificare se ero ancora viva oppure, dopo avergli detto arrivederci al telefono, non avevo aperto la finestra per saltare giù dal parapetto e porre fine alla mia esistenza. Ma era davvero così triste, quello che volevo sapere? Certo che si può essere ingrati quando si è infelici! E io che credevo di dare l'immagine di una persona forte e pronta a tutto pur di comprendere cosa mi era accaduto... invece mi sbagliavo. Coloro che mi amavano avevano sentito solamente il dolore nella mia voce, e senza saperlo, con le mie domande insolite, avevo trasmesso loro un poco della mia pena. Sono desolata: non lo farò mai più.

Poi, improvvisamente, una settimana dopo, ecco che quella smania ritornava. Dovevo saperlo, a tutti i costi. Papà, mamma, i compagni e le compagne, e poi gli amici più cari... fatto! Contattati, sorpresi, infuriati, a disagio, ma almeno interrogati.

Restava in lizza una importante categoria dei vari gruppi di conoscenti: gli ex! E questo fu davvero un grande momento.

Oh, non ci ho messo tre settimane per contattarli tutti. Non avevo mai avuto il successo folle di Naomi Campbell o di Madonna: nel mio caso, si potevano grosso modo contare sulla mano sinistra di Django Reinhardt*.

Un colpo di telefono per scambiarci qualche informazione e sapere le ultime novità, come al solito, un appuntamento per pranzo, ed eccoci a

* Un chitarrista jazz belga, di etnia sinti, che a causa di un incendio subì l'atrofizzazione dell'anulare e del mignolo della mano sinistra [N.d.T.].

recitare frasi cortesi sul tempo, la politica, le vacanze, i bambini, la decadenza di quella poveretta di Britney Spears. E poi, davanti al caffè, ponevo la fatidica questione da mille euro: durante la nostra vita comune, ero stata una donna così tremenda e insopportabile che l'idea stessa di dover un giorno spartire con la sottoscritta un letto o un affitto li spingeva a chiedersi: «Dov'è il gas?».

Al momento, ci rimanevano male. Ovviamente passato l'effetto sorpresa. E passato anche il momento in cui dovevo convincerli di essere perfettamente sana di mente. Poi, finalmente, quando avevano appurato la mia completa sanità mentale, non si facevano più pregare per parlare del "noi", della coppia che in passato formavamo. Certamente, secondo loro, il cammino percorso in mia compagnia era stato colmo di "sorprese", ma sempre gradevoli e interessanti. (Interessanti? È, ammettiamolo, la definizione che utilizziamo per una commedia o un disco che non piace molto...) Ora che avevo posto a tutti, separatamente, la medesima domanda, e valutando anche il fatto che tra di loro non si conoscevano proprio, ho notato che c'era comunque una frase comune che affiorava nella loro definizione della nostra relazione. Tutti infatti si lasciavano scappare nei loro ricordi un termine come "rompicoglioni" che, senza dubbio alcuno, era riferito proprio a me.

E io incassavo: dopo tutto, me l'ero cercata.

Poi ecco i saluti, con la solita promessa di rivederci presto, di telefonarci più spesso. Mi ricordo ancora chiaramente quella sensazione insolita che mi faceva tremare il cuore sotto il peso dei ricordi e di azioni mancate, di risate e di serate di rottura, di quei piccoli nulla che riempivano la nostra vita a due e che a poco a poco ci avevano separati.

Quello che avevo appreso rivedendoli e parlando con loro in tutta sincerità, e serenità, non mi aveva rassicurato del tutto, ma se io li avevo fatti soffrire un giorno, avevano avuto la cortesia di ricordarmi che anche loro all'epoca mi avevano fatto del male… e talvolta anche di frequente. E allora siamo pari, no?

Non era stato però questo lo scopo. No, sicuramente no…

L'unica sicurezza che mi accompagnava nel momento in cui me ne andavo era di avere avuto la possibilità di percorrere un tratto del mio cammino in loro compagnia e di sapere che di me conservavano in genere il confuso ricordo di una ragazza complicata ma non cattiva che, secondo le loro parole, «sarebbe stata una super mamma».

Ho nascosto allora questo piccolo regalo in un angolino del mio cuore pesante, forse per appenderlo all'albero di Natale. Ma sotto i suoi rami non mi sorriderà mai un bambino in pigiama, con i capelli arruffati.

Non era un granché, tuttavia era pur sempre qualcosa…

MAGIA ROSA

La radio ci rende sordi, la televisione stupidi, la sterilità cattivi. E parlo per esperienza.

Vi assicuro che è davvero incredibile quello che si giunge a fare, i trucchi assurdi che si inventano quando non si riesce a rimanere incinta. Da parte mia, ci sono stati momenti in cui ho pensato di avere perso ogni senso della realtà e del ridicolo, ma pur sapendolo la cosa non mi ha fatto desistere, anzi!

Innanzitutto, dovete sapere che la voce di spesa "veggenza" è decisamente considerevole. Tra medium, veggenti, interpreti di carte e tarocchi di ogni genere, conoscitori delle antiche rune, lettori di fondi di caffè o tè (Earl Grey oppure Darjeeling Himalaya), stregoni che vivono flash datati e medium con il dono naturale sin dalla nascita, ho speso più o meno l'equivalente del PIL dello Zambia in appena qualche mese.

Se avessi creduto a tutto quanto mi dicevano, a quest'ora potrei anche essere nonna... E va bene, non esageriamo, ma sicuramente una madre di famiglia, con una bambina e un paio di maschietti (di cui uno molto vivace), e magari pure gemelli... Per tutti, in modo assolutamente categorico, non c'erano dubbi: avrei fatto dei bambini.

Alcuni arrivarono addirittura al punto di annunciarmi la data del parto, il segno zodiacale del bambino, l'entusiasmo estatico del padre.

Non mi ricordo nemmeno più il numero di contatti con l'aldilà per poter riempire il vuoto delle mie domande angosciate. Da parte mia, sicuramente, ho riempito il vuoto del loro conto in banca. Facendo donazioni continue. Tutto ha una sua logica.

Dopo, o forse nello stesso tempo, ci sono stati i segreti rivelatimi dalle amiche e dalle amiche delle amiche, e poi di amiche di colleghi... Ognuno aveva la propria ricetta miracolosa, il proprio trucco che aveva funzionato alla perfezione con la cognata, la zia o la donna delle pulizie. Non si trattava di rivelazioni preziose che si dovevano mettere in un luogo sicuro dentro la cassaforte, ma in genere partivano da un certo buon senso. Per alcuni bisognava fare l'amore al mattino, perché gli spermatozoi erano più riposati e in gran forma... E va bene. Per altri, invece, era la sera, o il mezzogiorno, o ancora verso le quattro del pomeriggio: in pratica, in base al proprio bioritmo (che si può calcolare su internet). Vi risparmio il capitolo sulle "Posizioni ideali del *Kamasutra* per favorire il concepimento" (ho preso degli appunti sul caso, ma a dire il vero questo passaggio mi imbarazza un poco...). I più convincenti, poi, mi hanno scribacchiato su un post-it l'elenco degli alimenti che "fanno fare" dei bambini. L'avevano letto su «Elle», o su «Marie-Claire», o ancora su una rivista di cucina del territorio, ma erano convinti che fosse una base certa, sicura, un vero e proprio cemento armato, incrollabile, a patto che lo si seguisse alla lettera. E allora si dovevano accettare pasti a base di sardine, sgombri, germogli di spinaci cosparsi di lievito di birra, prezzemolo tritato distribuito su pane nero, o su pane con semi di lino, o anche con semi di girasole, di sesamo, e ancora al tofu, al succo di noni (attenzione, però, quello autentico, non diluito), all'estratto di orzo, o magari di aloe vera, allo yam, al germe di grano, all'infuso di foglie di lampone. E poi aglio su tutto, perché l'aglio fa bene per tutto!

Nell'arco di qualche mese sono divenuta davvero imbattibile nel trovare i miei prodotti di prima necessità sugli scaffali dei negozi di alimentazione naturale e macrobiotica, oltre ovviamente biologica, e in tutti quei luoghi, di una tristezza allucinante, dove carote mingherline, ricoperte di terra e vendute al prezzo della benzina, sfioravano patate sciupate e insalate sbiadite, la spirulina venduta in confezioni famiglia e gli annunci che pubblicizzavano i corsi in quartiere di yoga, qi gong o "grido primordiale".

Per maggiore sicurezza, integravo i consigli di esperte e consulenti a quelli di donne che invece tendevano di più verso le ricette ereditate dalle nonne, che a loro volta le avevano avute dalle proprie nonne, e queste dalla cugina del mago Merlino. Addio allora a sardine, semi di lino o succo di noni, e un benvenuto a tutti quei gesti ancestrali giunti a noi dalla notte dei tempi e che ci fanno agire come una folla furiosa ma, come diceva Jane Fonda: «No pain, no gain!», ovvero: «Per riuscire bisogna soffrire».

E quello che serviva assolutamente per rimanere incinta (mi immaginavo la ricetta scritta a caratteri gotici su antichi manoscritti miniati da monaci che avrebbero potuto comparire senza alcun problema nel *Nome della rosa*), era di "sfruttare" al massimo la gravidanza delle altre per potersi creare la propria... Diciamo in pratica che invece di fuggire dalle donne con il ventre grosso, bisognava sfiorarle, ma a ragion veduta.

Primo esercizio da farsi: innanzitutto, se una donna in attesa di un figlio si trova nella vostra stessa stanza, dovete fermarvi davanti a lei per almeno cinque minuti in modo che il piccolo possa guardarvi... Se per caso il bebè vi osserva per almeno cinque minuti, potete contare su ottime possibilità di rimanere incinta entro i tre mesi seguenti: la magia ha fatto effetto, al punto che potete poi piantare la futura mamma in mezzo alla stanza senza nemmeno dirle arrivederci. Facile.

Ma quel trucco mi è subito sembrato falso, per non dire assurdo.

Perché, diciamoci la verità una volta per tutte, non è che di donne incinte ce ne siano poche in giro. Basta che prendiamo Sandra, la parrucchiera che mi preparava per andare in onda e in pratica mi seguiva tutti i giorni per turni che a volte duravano anche settimane: si sarà pure messa dinanzi a me decine di volte, o addirittura centinaia, e la sua piccola Alix mi avrà di certo osservato dal suo rifugio nella pancia di mamma, durante i nove mesi della gravidanza... e allora, siamo ben oltre i cinque minuti richiesti dalla "fata delle nascite", o no?

Quindi, trucco numero uno: cancellato.

Poi ho accettato di annotarmi una seconda ricetta magica, ma senza grande convinzione, dicendomi che almeno non mi si poteva rimproverare di non avere tentato di tutto pur di riuscirci, comprese anche certe pratiche con le forze oscure della natura che, detta tra noi, dovevano evidentemente divertirsi un mondo mentre mi osservavano che mi dibattevo tra i meandri della "magia del nulla", con il volto che rivelava la mia voglia di credere e la disperazione.

Ebbene, ora vi illustro la seconda ricetta di un antidoto del quale apprezzerete sicuramente l'aspetto piccante.

Avevamo deciso di trascorrere un weekend in un piccolo hotel nel sud della Francia. Un sole pazzesco, il caldo soffocante, pochissima gente sul bordo della piscina. Benessere e felicità. C'eravamo noi due e una coppia di fronte a noi, dall'altra parte, proprio sotto i grandi pini, e quindi all'ombra. E noi invece iniziavamo a rosolare, al punto che a un dato momento ho avuto voglia di andarmi a mettere sotto quei grandi pini, accanto a quella coppia, per poter godere anch'io di un poco di frescura. Unico problema, avevo riconosciuto Renaud e la sua divina moglie, e non volevo disturbarli andandomi a piazzare a due millimetri da loro, perché a me per esempio non sarebbe affatto piaciuto che qualcuno venisse a invadere il mio spazio in un momento di felicità assoluta. Erano così carini, innamorati e discreti, e io invece mi sentivo la melanina scoppiare in ogni poro della mia pelle di bionda. Quando proprio non ce l'ho fatta più, ho svegliato mio marito, che dormiva in pieno sole, per dirgli che mi stavo per spostare sull'altro lato della piscina, all'ombra. A piccoli passi mi avvicinai quindi a Renaud e a sua moglie Romane, con le braccia cariche di giornali e crema solare, cercando di non far scivolare il pareo. Poi, arrivata da loro, mi profusi in una serie di scuse perché disturbavo il loro riposo ma del resto, come potevano vedere loro stessi, si trovavano proprio nell'unico angolo ombreggiato della piscina. Gentili e affascinanti, mi hanno detto qualche frase di cortesia tipo «Ma certo, faccia pure» e poi Renaud ha rivelato che sua moglie mi aveva riconosciuto da tempo perché gli aveva fatto notare che assomigliavo alla ragazza che conduceva *Le Maillon faible**. Parlammo per almeno cinque minuti di tutto e di niente, dell'albergo, della città, e poi del tempo e del caldo, dell'acqua troppo fredda in piscina che impediva a Romane di andare a fare il bagno: all'ottavo mese di gravidanza, secondo il suo medico non era affatto una buona idea. L'ho osservata senza smettere di chiacchierare: era splendida con quella sua pancia graziosa, i capelli biondi e l'ombra dei pini che gettava un ricamo sulle lunghe gambe. Poco dopo ci raggiunse anche mio marito, dopo che il suo i-Pod aveva iniziato a fondersi. Ed eccoci allora tutti e quattro all'ombra, nel silenzio interrotto solo dalle cicale, intenti a dimenticare la vita di fuori, tran-

* Un gioco televisivo presentato da Laurence Boccolini e trasmesso su TF1 dal luglio 2001 all'agosto 2007 [N.d.T.].

quillamente placidi e poco chiacchieroni. Il massimo.

Renaud e Romane se ne andarono a vedere una mostra in città o qualcosa del genere. Ci si salutò con cordialità e li osservai mentre si allontanavano, felici e anonimi. Rimasi un istante senza dire nulla, poi osai mormorare: «Sai che dicono che quando ci si siede sulla stessa sedia da cui si è appena alzata una donna incinta si hanno poi molte più probabilità di concepire un figlio?».

La profonda idiozia delle mie parole mi stupì nel momento stesso in cui uscivano dalla mia bocca.

«Ah sì?», disse mio marito senza scomporsi. Tanto ne aveva già sentite ben altre...

Ho aggiunto: «Sembrerebbe... ma sono evidentemente delle fesserie».

Poi solo un silenzio raccolto dinanzi a una simile deduzione.

Qualche istante dopo, una coppia di tedeschi in accappatoio entrò nel mio campo visivo. Osservavano l'acqua, il cielo, l'ambiente circostante, poi i due si affrettarono verso l'ombra, nel posto lasciato libero da Renaud e sua moglie. Dopo una breve discussione, si stavano ormai dirigendo verso di noi lentamente, tenendo i teli di spugna in mano. Allora, senza nemmeno guardarci, né tanto meno consultarci a vicenda, abbiamo avuto la stessa idea. Alzandosi per recuperare le nostre cose, mio marito mi ha detto che era ora di andare.

Sono balzata in piedi come una lepre sotto ecstasy, ho scavalcato la prima sedia a sdraio, perdendo un infradito, e mi sono lasciata andare in quella occupata poco prima da Romane, incinta di otto mesi. Sorpresa dal mio exploit, spaventata quasi dal mio salto in lungo, la coppia si fermò all'improvviso, poi, dopo un momento di esitazione, avanzò verso di noi, osservandoci con la coda dell'occhio. Decisero di occupare le nostre sdraio di prima, chiedendosi quale potesse mai essere stato il motivo di quell'improvviso scambio di postazione.

Ma a me non interessava affatto, perché avevo raggiunto il mio scopo: occupare la sedia su cui era appena stata una donna incinta. C'ero riuscita... per lo meno in quello. E ora non dovevo che aspettare.

A poco a poco il crepuscolo si tramutò in sera: era ora di rientrare per non essere messi nel deposito insieme con i teli e gli asciugamani puliti.

Non abbiamo più parlato di quella teoria bizzarra che a momenti aveva causato un infarto ai due tedeschi innocenti.

E da quel giorno non ho più provato quei trucchi delle nonne, o di Mago Merlino...

Tanto, erano sicuramente tutte stupidaggini...

PER MARIE

È la seconda volta in sei mesi che subisco un'operazione.

Di nuovo ho ripetuto i medesimi gesti, in modo meccanico: sono arrivata all'alba, a digiuno, con i capelli scomposti e lo sguardo sbarrato.

Poi mi sono spogliata in bagno, uno stanzino esiguo, e infine mi sono infilata alla bell'e meglio in quella maledetta camicia bianca e ruvida che non si riesce mai a chiudere dietro.

Ho controllato di avere portato con me il mio amuleto, indispensabile per un tranquillo decorso delle operazioni.

Personalmente non posso contare sulla presenza di mia madre, né su quella di mio padre, e allora ho realizzato con le mie mani un medaglione strano, con le loro due foto incollate su una medaglietta che era stata del mio povero gatto, Mr Spock, il tutto infilato in un laccio rosso, colore contro il malocchio secondo le mie origini italiane. E così me ne esco con i miei due genitori stretti nel pugno, anche se sarebbe meglio non portare oggetti di metallo in sala operatoria. Ma le infermiere sono molto gentili e con grande attenzione cercano di fissare la mia medaglia, in modo che sia inserita alla perfezione al centro del palmo della mano. Così mi sento meno sola.

Trotterello poi fino alla barella cercando di nascondere le natiche, quindi l'aiuto-infermiera mi fascia bene con il telo, come un involtino nella sua rete. Sento lo stomaco contorcersi: di fame, di paura, di stanchezza.

E poi, ecco il lungo corridoio e l'ascensore di servizio, l'odore di caffè sui vassoi della colazione, le porte che sbattono quando vengono aperte con la parte anteriore del carrello. Vedo il reparto maternità a destra. Non è per me… Il mio reparto è invece a sinistra, verso l'antro della speranza: il settore dedicato alla fecondazione in vitro. Per quelle che, come me, hanno voglia di… ma non possono…

Detto in breve, si tratta di fecondazione assistita. In pratica, per quelle come me che hanno bisogno di assistenza.

È molto presto, e io sono la prima. Le infermiere sono sorridenti e dolci, mi aiutano a uscire dal mio involucro di copertura, conversando come se nulla fosse.

Dopo trotterello di nuovo verso la sala, tenendomi il dietro della camicia. Devo arrampicarmi sul tavolo, sistemarmi senza scivolare su un fianco o sull'altro, arrivare con le gambe nelle staffe perché possano stringere le cinghie sulle cosce e i polpacci (basta spostarsi di un millimetro durante la puntura per prelevare un follicolo in meno... Per lo meno, credo proprio che sia questa la funzione di tutte le imbragature.) L'anestesista mi libera un braccio per trovare uno straccio di vena. È sempre la solita routine. Quest'ultimo mi vede decisamente appannata: «Dormito male? Non ha un bell'aspetto, questa volta», dice con un sorriso rassicurante.

Sei riuscito a stupirmi. Mi dimeno un pochino dentro le cinghie, prima di rispondere: «Non è nulla... è che oggi è l'anniversario della morte della mia mamma, e allora sono triste...».

Ma perché gliel'ho detto? Non era proprio necessario creare un'atmosfera così funerea... Il medico mi picchietta la mano (come segno di comprensione o per trovarmi la vena? Credo entrambi), poi rimaniamo per qualche secondo in quella sala vecchiotta e triste, senza sapere cosa dire.

All'improvviso sento una voce piena di sole e stelle che mi sfiora l'orecchio: «L'anniversario della morte di mia mamma è invece la prossima settimana…».

È la seconda volta che la vedo: circa sei mesi prima l'avevo già notata in quello stesso reparto, per la prima iniezione. Sorride sempre, ma oggi i suoi occhi sono velati. Si china verso di me: «Su, Laurence, dobbiamo crederci, questa volta. Sono sicura che sua madre è al suo fianco, oggi».

Mi sistema la camicia e le cinghie, e vorrei tanto che continuasse a parlarmi perché, all'improvviso, provo meno paura. L'anestesista gentile interviene: «Tra un momento, farà la nanna».

E sento già il bruciore del farmaco che scorre nella vena e annuncia il grande buco nero.

«Per favore, può tenermi la mano, signora, mentre mi addormento?»

Senza una parola, sento la sua mano che stringe la mia. Nella nebbia grigia dell'anestesia so che mi sorride nella sua uniforme blu che indossano tutte le infermiere del reparto. Mi accarezza la fronte mentre l'oscurità mi avvolge. Ho un ultimo sussulto prima di addormentarmi.

«Qual è il suo nome?», chiedo con uno sforzo, cercando di non addormentarmi.

«Sono Marie.»

Allora il mio corpo si rilassa, mentre il cuore si stringe.

«Marie… Come la mia mamma… Anche lei si chiamava Marie…»

È assurdo, vero, avere così tanto sonno? Ma tu rimani qui, Marie, vero? D'accordo? Come quando ero piccola e mi accarezzavi la fronte con la tua mano fresca per farmi passare la febbre... Mamma, rimani qui, vero? Non svanisci, vero? E sarai ancora lì, quando mi risveglierò? Perché fra poco, quando mi sveglierò, avrò paura senza di te... Mamma non muoverti, ti prego, torno subito...

BEYONCÉ

Beyoncé dondola e ondeggia.

Beyoncé balla tutta la notte, canta tutta la notte…

Beyoncé muove il didietro, fa gli occhi dolci d'amore, si sdraia gemendo… Assilla Emilio che, evidentemente, non ne vuole sapere di lei. Beyoncé tenta disperatamente approcci lascivi e audaci, e in cambio riceve solo un disinteresse bruciante e doloroso.

Beyoncé ci sta facendo venire i nervi.

Ci impedisce di dormire.

Ovvio, ci spiega il veterinario, è in calore! Per completare il tutto, ha sotto mano due campioni maschili della razza più bella, a cui però hanno tolto tre anni fa tutta la voglia di fare follie. Una situazione davvero frustrante, per lei…

Beyoncé è tanto sexy, bella e sinuosa quanto la vera… Ma è davvero difficile vivere con una gatta che imita Klaus Nomi alle tre del mattino senza che i vicini si lamentino delle sue grida bizzarre che di notte echeggiano per tutto il condominio…

Il veterinario dice che è venuto il momento di operarla. A meno che non si voglia destinarla alla riproduzione, dato che ha un pedigree che non ha nulla da invidiare a quello dei Windsor…

Non che l'idea di Beyoncé con i suoi piccoli mi dispiaccia, ma non piace affatto a chi mi sta accanto perché, conoscendomi perfettamente, sa che non sarei mai in grado di donare, vendere, abbandonare, dimenticare, prestare i gattini. Piuttosto la morte…

Detto tra noi, la prospettiva di condividere la vita di tutti i giorni con tre Maine Coon adulti e sei gattini da coccolare mi attira, peccato che sia semplicemente irrealizzabile, dal punto di vista pratico, igienico, coniugale.

E allora, passiamo all'azione. Domani porteremo la ninfomane dal suo veterinario preferito. Basta discussioni sull'argomento. Ecco fatto: deciso, è meglio per tutti.

Ancora una notte a sentirla cantare, soffiare e prendere un sacco di legnate dai due ex maschi esasperati che, per sfuggirle, sono riusciti a nascondersi nell'armadio a muro dell'ingresso. Poi, la mattina seguente, Beyoncé viene portata di buon'ora in clinica.

La giornata trascorre nell'abituale frenesia di appuntamenti che si devono incastrare e ore che sono fatte di appena sessanta minuti.

Poi, ecco la telefonata della clinica per annunciare che la signorina è pronta per essere riportata a casa, che la partita è stata ormai giocata: sarà molto più tranquilla e saggia, d'ora in poi. Senza alcun dubbio.

Sento aprirsi la porta d'ingresso, e mi dico che Beyoncé è tornata (ovviamente non da sola!). I due maschi, molto prudenti, preferiscono mettersi dietro una poltrona, nel caso in cui l'operazione non avesse ancora placato gli ardori della loro coinquilina.

Rimessasi perfettamente dall'anestesia, Beyoncé va subito a rinfrescarsi un poco, si mangia un paio di crocchette e poi viene a trovarmi nel mio ufficio. Com'è sua abitudine spinge la porta per entrare: subito la vedo comparire dinanzi a me, con la sua bella testa che ricorda i Muppets. Mi alzo per prenderla in braccio, e le mie mani sfiorano la medicazione che le copre la parte bassa del ventre. Non so per quale motivo, ma qualcosa si scioglie dentro di me... Beyoncé è tra le mie braccia, piccola e tenera, con la sua benda e il ventre rasato, e la realtà mi si presenta dinanzi agli occhi in tutta la sua crudezza: le abbiamo tolto la possibilità di avere dei figli... E *io* l'ho mandata a farsi sterilizzare. Proprio io, che soffro perché non posso avere figli, io che passo più tempo da un medico all'altro e a fare esami, da cinque anni a questa parte. Proprio io ho privato un animale del diritto di avere figli... Beyoncé mi guarda senza muoversi. Non so bene per quale motivo, ma mi vergogno. Non capisco perché, ma mi fa una pena immensa, questa piccola bestiola così stanca che non osa nemmeno muoversi tra le mie braccia. Eppure non è la prima volta, né la prima gatta che mi torna in questo stato... Forse allora la vera differenza la faccio io, con il mio ventre che proprio non funziona...

Non è lei che vorrei umanizzare a ogni costo. Sono io che improvvisamente mi sento come un animale, ho istinti bestiali, sono molto vicino a lei.

La natura ha fatto entrambe, la mia gatta e me, affinché potessimo perpetuare le nostre rispettive razze... Perché i suoi gattini diventassero grandi gatti voluttuosi, perché i miei bambini si tramutassero in adulti pieni di contraddizioni e tormenti. In questo istante noi due ci assomigliamo. Non saprò mai spiegarmelo, ma è così. Mi dico che è esagerato, ridicolo. Poi mi chiudo in bagno con lei e piango per un lungo istante in silenzio, naso contro naso, la mia mano sulla sua pancia nuda, chiedendole perdono di tutto.

Beyoncé non si muove, sicuramente per assecondarmi.

Poi, quando mi sono calmata, la poso delicatamente per terra e lei mi chiede di poter uscire dalla stanza. La osservo mentre si acciambella nel suo cestino, con il mento appoggiato su una zampa. Si raddrizza un'ultima volta per cercare di afferrare un angolo della sua medicazione, quindi preferisce lasciar perdere e si addormenta nel calore del nido che si è creata lei stessa nell'incavo di un vecchio maglione...

Mi è davvero difficile dirvi per quale motivo ho sofferto così tanto, quel giorno. Chi mai potrebbe capire che mi sono sentita improvvisamente così vicina a una piccola gatta che ha subito un'operazione banale?

Ho quasi paura a pronunciare delle parole che, messe nero su bianco, potrebbero sembrare assurde. Eppure... Il motivo sarà forse perché, ormai, né io né lei diventeremo più mamme?

POPPY

Il mare è bello, il cielo blu, le vele bianche… Tutto perfetto, manca solo Nana Mouskouri che canta *Rose bianche di Corfù* perché questa cartolina dalla Grecia sia proprio perfetta.

Dal balcone della mia camera d'albergo osservo la spiaggia, laggiù sotto, dove non vado mai. Non per paura dei paparazzi nascosti dietro un pedalò, ma semplicemente per mancanza di sicurezza o di energia. O per pigrizia. In poche parole, lo spazio della mia villeggiatura è collocato tra le quattro mura di una camera d'albergo e un balcone esposto in pieno sole. Qualche volta raggiungo l'emporio in fondo alla via per acquistare dei giornali vecchi di tre settimane, dei «Paris Match» scaduti e dei cruciverba in inglese. Perché in questo luogo tutto è fatto e pensato per loro. E da loro. Gli inglesi sono veramente dappertutto, e fanno bene, perché qui è bello, fa caldo, c'è allegria e rumore.

Ovviamente è l'ultimo posto dove chi è in cerca di pubblicità penserebbe di posare le proprie espadrilles regali, tanto non c'è altro da fare se non ascoltare le urla dei figli degli altri che gridano di felicità mentre si fanno trasportare in mare su una banana gigante, oppure guardare chi ha un ristorante per turisti cercare di rapire famiglie intere per pranzo, promettendo loro birre gratis e patatine fritte a volontà. Di sera, orde di giovani profumati di Kärcher, con i capelli lisciati dal BaByliss, per le ragazze, e abilmente formati con il gel, per i ragazzi, passeggiano ridendo per le vie, alla ricerca del bar migliore dove potranno ubriacarsi e rimorchiare prima di lasciarsi andare in coma sulla spiaggia, alle cinque del mattino, sotto lo sguardo indifferente dei pescatori che iniziano la loro giornata.

Proprio questo è quello di cui ho bisogno dopo un nuovo insuccesso: un po' di anonimato, di normalità. Sotto il sole, anche se scoppio nel mio nuovo costume da bagno rosa (aumentare di sei chili a ogni trattamento inizia ovviamente a vedersi), non mi sento affatto giunta in fondo al baratro. O per lo meno mi rifiuto di pensarlo.

Sento Poppy, la cameriera dell'albergo, che entra nella camera: come ogni mattina, le dico quelle tre parole di greco che sono ormai riuscita a imprimermi nel cervello. E come ogni mattina lei alza il pollice e sorride, per farmi capire che le fa piacere. È sulla cinquantina, con una cascata di capelli biondi e la divisa sempre impeccabile, e poi non suda mai. E mentre io non posso aprire la finestra per non mandare in rovina la pettinatura e diventare simile a uno straccio, lei sfrega, lava, strofina e cambia gli asciugamani, cantando e rimanendo impeccabile. Mi sorprende, e mi vergogno a dirlo o solo a pensarlo. Mi sembra di essere una di quelle caricature snob in uno sketch di Sylvie Joly, che trova «così incredibile e pratico andare a imbucare la posta da sé, in uno di quei deliziosi uffici postali tanto accoglienti...». Dovrei pulire più spesso, mi dico (credo di sudare perché mi manca un po' di allenamento). Le mie origini modeste mi hanno lasciato in eredità il disagio di farmi lavare il lavandino o rifare il letto da un altro, anche se pagato. Di colpo mi sono decisa e le ho dato una mano, rimettendo a posto la camera, ma lei deve fare ugualmente il proprio lavoro: la lascio lucidare le lampade sul comodino ed esco sul balcone.

Sfoglio una bellissima rivista inglese, la cui copertina ingiallita dal sole rivela il tempo che probabilmente è rimasta esposta in edicola. Non mi è molto chiara la linea editoriale, ma comunque la collocherei tra «France Dimanche», «Détective», «Paris-Turf» e il catalogo «Daxon». Immersa in quelle storie vissute in modo appassionato, passo da una donna anziana con i capelli azzurri, che racconta di essere stata salvata dai propri angeli custodi dopo che si era addormentata sulla spiaggia di Lanzarote in pieno sole, ma fortunatamente un gabbiano le si era posato in testa e le aveva fatto ombra, risparmiandole così una insolazione, alla vicenda di un uomo che era stato allevato da un gregge di capre (?). Poi mi imbatto nella storia di una donna che, disperata per non poter avere figli, si è recata sull'isola di Rodi, in Grecia, per visitare un monastero celebre che si raggiunge solo salendo centinaia di gradini sul fianco di una collina, masticando una candela. Poi, una volta arrivati, se si è sopravvissuti alla salita e all'indigestione di cera, si eleva una preghiera a un qualche santo e si scende di nuovo, dopo avere letto le migliaia di testimonianze di donne che si recarono in quel luogo e, grazie alla sua magia, si ritrovarono incinte qualche mese dopo… Davvero miracoloso.

Miracoloso e vicino. Un'auto a noleggio, un breve tragitto su un aliscafo: non più di una giornata, per arrivarci. Che fortuna insperata! E tutti quei gradini? Ma che importa, mi dico, sono pronta a salirli a quattro a quattro, senza problemi. E dover mangiucchiare una candela? Dopo tutto, ho mangiato ben di peggio durante i miei numerosi soggiorni in Gran Bretagna… e allora?

Rientro nella mia camera ormai rinfrescata, dove Poppy ha appena finito di rifare il letto. Tento di parlarle in inglese, mostrandole il giornale: «Poppy, you know Rodi?».

Evidentemente la lingua di Shakespeare le crea qualche problema nell'insieme. Appoggia il mento sul manico della scopa e mi ripete il nome, fissando le onde: «Rrrrodi? No. No».

Poi ha una specie di illuminazione, e si batte sulla fronte il guanto di gomma: «Ah! Rrrrodos!».

Strillo un «sì» vittorioso, e lei sorride mostrando tutti i suoi denti: «Sì! Sì! Rrrrodos!». Quindi punta il dito verso l'orizzonte. E io confermo la sua intuizione ululando una serie di «yes yes», folle di gioia. Poppy attende allora il seguito, stoica e sempre appoggiata alla scopa, come una statua. Ricordo che ho continuato il mio interrogatorio in diverse lingue, ricorrendo anche al linguaggio dei segni: «You know a monastery in Rrrodos?», le ho chiesto scandendo bene ogni sillaba della parola "monastero".

Lei allora riflette un istante, e io, per aiutarla, mimo i monaci in preghiera, l'aureola sulla sua testa, persino il suono della campana! Mi sembra di assomigliare a Louis de Funès mentre si rivolge, isterico, alla statua della Vergine, nel film *Mania di grandezza*. Poppy allora mi ha guardato mentre mi muovevo come una pazza, ha socchiuso gli occhi e mi ha risposto: «No. No monastery in Rrrodosss… sorry».

A corto di frasi e gesti da mimare, mi sono fermata per un breve istante, prima di riprendere: «Ma yes, a monastery where…» e poi ho fatto finta di risalire dei gradini, fermarmi a pregare e quindi ho formato idealmente un'enorme palla a livello del mio ventre. Ho enfatizzato il tutto, spingendo leggermente il busto indietro per accentuare l'aspetto "incinta". Finalmente Poppy capisce. Lasciando cadere la scopa, urla: «Ahhh, sì, sì, il monastero… Oh sì…».

Poi mi ripete un nome in greco, che non ho avuto il tempo di memorizzare, ma per lo meno ci siamo capite. Finalmente. Poppy ha avuto un attimo di esitazione. «No, not good monastery… not working…», mi dice scuotendo la testa con tristezza.

Ma davvero? E tutti quei gradini allora? Poppy riprende la scopa e fa un bel respiro prima di continuare, nel suo inglese stentato: «Io, three bambinos, ok?».

Ok, ha tre figli.

«Due bambinos e una bambina. Primo figlio: tre bambine. Secondo figlio: due bambine, un bambino.»

Oh che bello, sono contenta per lei, così giovane e già sei nipoti… Mi interrompe: «Wait! Not finish…».

Ok, Poppy, aspetto.

«Ma mia figlia… No bambinos… No possibile. Uno, due, tre monasteri, chiese, dottori ma niet! No bambinos…»

Poppy allunga la mano davanti a me, aprendo tutte le dita: «Cinque anni ci ha provato. Niente».

La guardo: «Come me», dico stupidamente. «Nulla.»

Poppy sospira tristemente e dice qualcosa in greco… Faccio un gesto di resa. Mi trovo così in questa camera d'albergo, con una persona praticamente sconosciuta, e senza saperlo l'ho rattristata parlandole di me, perché così facendo lei ha pensato a sua figlia che lotta da cinque anni per avere un bambino. In quel momento scopro questa cosa incredibile che fino ad allora mi era sempre stata sconosciuta, anzi che non avrei mai creduto possibile, insomma scopro il legame segreto che unisce tutte le donne le une alle altre e fa sì che la mia storia faccia parte di un tutto, di un immenso racconto universale che ognuna di noi conosce sin dalla nascita, una novella che risuona dentro di lei nel momento in cui ne riconosce le prime parole… La mia storia è diventata così la sua storia, in pochi secondi. Poppy appoggia la sua scopa e mi prende tra le braccia. Mi stringe forte e sento che gli occhi mi si riempiono di lacrime. Poi mi accarezza la guancia e mi mette una mano sul ventre, dicendomi prima di uscire: «Tra un anno tornerai con bambino dentro. Lo so».

Sì, Poppy, ma perché? Forse ci sarà davvero un figlio in me, quando tornerò il prossimo anno…

In ogni caso, è davvero gentile da parte sua avermelo detto, a me che per lei sono un'estranea, e che forse non rivedrà nemmeno più... La seguo mentre chiude la porta dietro di sé e rimango là, senza muovermi. Quell'incontro è durato appena cinque minuti, ma a me sembra che abbiamo parlato per ore. Prendo la rivista e la metto ordinatamente nel cestino, prima di tornare sul balcone, al sole caldo.

Il mare è bello, il cielo blu, le vele bianche, e le urla dei bambini felici mi ricordano che sono viva.

COME LA POVERA FABIOLA E LA POVERA SORAYA

In passato non era considerato un comportamento elegante per noi donne rivelare ai quattro venti le nostre difficoltà a concepire… Ve lo posso garantire, le cose non sono poi molto cambiate.

Dato che Madre Natura ha pensato a tutto sulla terra, quelle che si ritrovavano con questa lacuna potevano scegliere tra non farci caso e assumere un atteggiamento riservato, dovendo assolutamente evitare di seccare gli altri con le loro ovaie restie e soprattutto di esporre i propri problemi ginecologici nel corso delle riunioni di famiglia, magari prima che si servisse la crostata di prugne e il caffè.

Per nulla appropriato.

Il raffronto vi potrà anche sembrare esagerato, ma quella specie di vergogna a non poter concepire si fondeva al dolore di non poterne parlare. Proprio come una donna maltrattata che si rifiuta di chiedere aiuto perché in fondo è convinta di essere l'unica responsabile delle botte che riceve in privato da parte del suo compagno.

Sembra proprio che, da sempre, ammettere al mondo intero la sofferenza di non poter essere madre debba essere affrontata con grande delicatezza, scegliendo con cura i termini, magari ricorrendo a giri di parole e frasi fatte. In pratica, dovete dire il meno possibile, e soprattutto farlo con dignità, tatto e rassegnazione per non imbarazzare l'interlocutore.

E ce ne volle, di tatto e soprattutto di diplomazia ad alto livello, per parlare, senza parlarne, dei dolori provati dalla regina Fabiola del Belgio.

All'epoca, «Paris Match» non si dedicava in toto agli scandali, e «Voici» non esisteva ancora. Ecco allora che della povera regina Fabiola, che non poteva conoscere le gioie della maternità, si parlava solo sottovoce, con infinite precauzioni. E le donne dell'epoca, dal parrucchiere, sospiravano con aria d'intesa leggendo l'articolo in cui si accennava in termini molto velati alle "difficoltà" della prima donna del Belgio. Nient'altro.

Nella stessa epoca, la povera Soraya ebbe ancor meno spazio nei media. Ricordo ancora una foto in bianco e nero di questa bellissima giovane donna, nascosta dietro un paio di grossi occhiali neri, e con la sigaretta in mano, ritratta nella carrozza del treno che la portava lontano dal suo paese e dal marito che, malgrado l'amasse molto, non aveva avuto altra scelta che ripudiarla dato che non era riuscita a dargli un erede. Scritto in quel modo, nero su bianco, l'unica cosa che ci si poteva dire era che evidentemente la politica conosce delle ragioni sconosciute al cuore femminile... E che quella storia sarebbe stata un bel film con Ingrid Bergman... Solo che, nel bel mezzo di questa storia drammatica, c'erano pur sempre una donna, un ventre e un dolore molto reali, di cui tuttavia nessuno parlava effettivamente, perché l'argomento non poteva essere quello. Una storia davvero molto romantica, triste e appassionante...

Oltre a tutto questo dolore, un paese intero si ritrovava senza erede maschio, ed era questo l'argomento che teneva banco nelle pagine delle riviste.

E questa donna che incontravo qualche volta nel VII arrondissement di Parigi, così eretta nella sua pelliccia, ancora bella e regale, questa donna rimase in un certo senso, per tutta la sua vita, "quella che non riesce a dare un figlio al marito"... Quella che fu punita per questa colpa, e che cercò il silenzio con una classe incomparabile. Oggi, quando penso a lei, vedo una persona che conoscevo senza averla effettivamente mai sfiorata e che, nonostante la buona stella che la fece soggiornare in palazzi sontuosi in capo al mondo o in hotel di lusso, circondata da domestici, sicuramente si domandava, prima di chiudere gli occhi, quale sarebbe stata la sua vita se il suo ventre non le avesse negato il diritto di essere madre.

Ecco la verità. Sotto questo particolare punto di vista, regine, principesse, duchesse o segretarie di direzione siamo tutte membri dello stesso club. Il sangue blu non ha mai avuto influenza alcuna sui risultati di un test di gravidanza…

Ecco tutto.

Durante una trasmissione televisiva rivelai tutta la mia rabbia nei confronti delle lungaggini burocratiche per le formalità di adozione in Francia. E ricordo ancora quando, il giorno seguente, alcuni mi osservarono inarcando le sopracciglia a mo' di rimprovero e mi accusarono di avere usato quell'argomento per farmi pubblicità. La verità è che non mi aspettavo affatto di essere in grado di un simile ardore, e il conduttore Ardisson ancora meno. Ma sul palco scese il silenzio e io ascoltai la mia voce rivelare quello che effettivamente provavo io, come se fosse qualcun altro che parlava al mio posto. Una parte di me stava in pratica raccontando, un'altra urlava dentro di me e mi supplicava di tacere. Tutti avrebbero saputo, dopo quel momento. Tutti avrebbero capito che qualcosa non andava in me, qualcosa di molto intimo, grave, personale, soprattutto di molto triste. Proprio io, che ero stata la bestia nera dei miei addetti stampa, io che li obbligavo sempre a rifiutare le interviste che avrebbero potuto toccare argomenti della mia vita privata... e ora mi esponevo come una grande sacerdotessa della contraddizione... L'addetto stampa che mi accompagnava quel giorno era rimasto senza fiato. E io non lo ringrazierò mai abbastanza per lo sguardo di tenerezza con cui mi seguì quando scesi dal palcoscenico. Né del tatto che mi dimostrò dicendomi, ma senza dirmelo veramente, che si poteva comunque sempre chiedere che alcune delle mie frasi venissero tolte in fase di montaggio. Ma lui sapeva già la mia risposta, come del resto conosceva già le mie lotte e la mia organizzazione del tempo scandita su quella dell'ospedale e delle cure. Sapevo che non potevo più ritrarmi, che era troppo tardi per negare la realtà. E decisi allora di confermarla di nuovo anche qualche giorno dopo, in un'intervista in cui accettai di dire qualche frase sulle gioie della fecondazione assistita. Sapevo che, nel mio caso, avevo ormai tentato di tutto: era ormai praticamente impossibile che i trattamenti avessero esito positivo. Ma mi rimaneva ancora la forza di rivolgermi alle mie sorelle di sventura, che per consolarsi avevano a disposizione solo i forum di internet. Qui per lo meno potevano lasciarsi andare, cercare conforto a vicenda, informarsi, piangere senza vergogna, maledire il cielo dopo innumerevoli tentativi e altrettanti fallimenti, e talvolta persino rallegrarsi della buona notizia, purtroppo rara, di chi finalmente aveva avuto la gioia di un test positivo, e aspettava un figlio, che testimoniava con un «++++++!!!!».

Ne volevo proprio parlare per non essere più costretta a leggere in futuro su «Libération» degli articoli come quello che riuscì a far fremere di collera e di indignazione le ragazze del forum, quando un giornalista osò scrivere che la fecondazione assistita era ormai considerata una soluzione comoda e facile per tutte le donne che non riuscivano a rimanere rapidamente incinte. Se solo sapesse... Se solo conoscesse i particolari del nostro cammino, gli esami dolorosi cui siamo costrette, uno dopo l'altro, i trattamenti costrittivi, le speranze che se ne vanno dopo ogni test negativo, l'attesa che non finisce più, tutta la burocrazia presso il sistema sanitario nazionale, i problemi economici che molte hanno quando devono accollarsi tutto il trattamento (secondo la legge, dopo una determinata età o un dato numero di tentativi di fecondazione in vitro), le tensioni nella coppia, i rimproveri e i rimpianti, e poi l'amore, la pazienza, la volontà indispensabili per non sprofondare.

La ricompensa che non mi sarei mai aspettata mi capita all'improvviso, quando una persona mi ferma per la strada per parlarmi della sua storia, o quando ricevo una lettera che una donna mi invia come se fosse il messaggio d'aiuto in una bottiglia affidata al mare, o che una coppia mi spedisce come pura testimonianza.

Sono troppe, per potere rispondere a tutte personalmente, e il cumulo aumenta di giorno in giorno sulla mia scrivania. Faccio quello che posso, ma mi sembra di avere sempre una trentina di lettere di ritardo. So anche che molte di queste missive, spesso senza indirizzo, non vogliono una mia risposta. Non chiedono autografi, foto, nulla del genere... Trofei inutili, in quanto coloro che mi scrivono vivono più o meno la mia stessa storia, e questo smarrimento ci unisce al di là delle distanze.

Ho conservato la prima lettera, come se fosse un regalo grazioso, e ogni tanto la rileggo, senza un motivo particolare, solo per farmi del bene. È di una giovane donna, che su un foglio di carta da lettere a fiori, e con una calligrafia rotonda e inclinata, precisa e chiara, mi raccontava con una certa ironia la propria corsa sfrenata per avere finalmente il bambino atteso. Mi diceva dei Natali con le sue quattro cognate, i suoi otto nipoti, lei e il marito, ben piantati come due pali davanti all'abete decorato, intenti a osservare tutti gli altri che iniziavano ad agitarsi come uccelli in una voliera in fiamme. Mi riportava le riflessioni meschine di chi non sapeva e i commenti fuori luogo di quelli che credevano di sapere. Tra i vari: «Non lamentatevi, sapete, i bambini sono anche dei problemi, non immaginate proprio che fortuna avete!» oppure «Secondo me, puoi fare anche tutti i trattamenti che vuoi, ma è dentro la testa che ti deve scattare qualcosa! Quando Gérard avrà ritrovato un lavoro vedrai che rimarrai incinta...», senza citare i «Ma dite un po', sarà meglio non aspettare troppo per allargare la famiglia. Va bene fare sempre gli sposini in luna di miele, ma i bambini non si fanno da soli!». Rileggo questa lettera e sono con lei, da lei, con i suoi. Sono con lei in bagno, quando, nel bel mezzo della cena, deve andare a iniettarsi la sua dose di ormoni quotidiana, a ore fisse. Sono con lei quando, durante un fine settimana dai suoceri, ha avuto una iperstimolazione ovarica, e il marito ha dovuto portarla d'urgenza, in piena notte, in ospedale, fingendo però un attacco acuto di appendicite per non dover poi raccontare tutti i particolari del trattamento, e i suoi aspetti negativi... Termina la sua lettera offrendomi un ultimo colpo di scena. Dopo avermi letto, qualcosa era scattato nella sua testa, ma non poteva dire cosa. Ebbene, la domenica seguente l'esasperazione era ormai montata alle stelle e, nel bel mezzo di una riunione familiare, davanti allo stupore delle cognate e del resto della famiglia, ammise con voce calma, prima di mangiare i gamberetti all'avocado, che da oltre tre anni stava seguendo una cura molto pesante per avere un figlio, e che ormai era stufa di nascondersi e fare come se niente fosse. Proseguì poi affermando che lei e il marito ne avevano ormai le tasche piene di sentire quei commenti stupidi sul fatto che, dopo sette anni di matrimonio, giocavano ancora a fare i piccioncini, e che se lei ogni domenica, ogni festa, ogni Natale poteva condividere la gioia di coloro che erano riusciti a donare la vita, sperava di avere in cambio almeno che potessero comprendere la loro situazione, senza compatirli, semplicemente rimanendo loro accanto, evitando quelle frasi che potevano ferirli e cercando inoltre di capire che, se lei riusciva veramente a gioire per ogni nuova gravidanza in famiglia, era ovvio che ogni pancia che si ingrossava le spezzava il cuore e quindi lei aveva il diritto di essere triste e desiderare solamente di starsene sotto il piumone, tutta sola, a guardare una puntata de *Il pranzo è servito* sgranocchiando delle patatine.

In un silenzio colmo di disagio tutta la famiglia deglutì all'unisono, balbettando poi un «Ma ovviamente, capiamo bene» in tono sì incerto, ma sempre in grado di toglierle di dosso un macigno che le schiacciava il cuore da troppo tempo... Poi tutti si dedicarono ai gamberetti all'avocado, cambiando discorso. E lei, trionfante, guardò il marito che, dall'altro lato del tavolo, le inviò senza farsi notare un bacio dolce e discreto: per lei, valeva di più di tutti i bouquet di rose del mondo.

Amo molto questa lettera, perché la cosa più difficile, oltre ovviamente al vivere senza figli, è dover convivere con lo sguardo degli altri, o addirittura talvolta proteggersi da questo. È il doversi battere senza mai colpevolizzarsi, è il non farne nemmeno una colpa a chi si vede arrivare una felicità che a voi rimane negata.

Sì, amo molto questa lettera. E so anche perché…

PAPÀ

Il mio papà conosce molti trucchi della vita. Io non so come né dove li ha imparati, so soltanto che è davvero forte.

Spesso vengono a trovarci amiche di famiglia oppure cugine che aspettano un figlio, anche per chiedere a papà di dire loro se sarà un maschio o una femmina. Infatti non si può sapere in anticipo il sesso del bebè, dato che non esistono apparecchi per guardare dentro la pancia… E allora, ovviamente, hanno voglia di scoprirlo. È normale.

Secondo la mamma, se il ventre è molto alto e ha una forma appuntita il bambino sarà un maschio. Se è rotondo e basso, sarà una femmina. O è forse il contrario?

Papà, invece, si basa su metodi scientifici e antichi, che probabilmente gli vengono direttamente dalle sue origini italiane. E sono anche più sicuri.

Allora, dopo il pranzo, chiede alla signora un capello e la sua fede. Poi lega il capello all'anello e lo tiene sospeso sopra la pancia della donna, come se fosse un pendolo. In quel momento, tutti trattengono il respiro davanti alla fetta di torta di mele. Se l'anello gira in tondo, significa che sarà un maschio, se invece va da sinistra a destra, è una femmina. O è forse il contrario?

La donna se ne va poi rassicurata e contenta: ora può andare a fare acquisti per il bambino o a ridipingere la stanza in rosa o in azzurro. Perché mio padre si sbaglia davvero raramente. In realtà, dato che poi non ci si ricorda mai con precisione quello che aveva detto alla donna, risulta difficile verificare se le sue predizioni hanno un alto livello di successo oppure no. Ma, a mio parere, è comunque bravo, sempre.

Di tanto in tanto cambia anche metodo e lascia cadere il tovagliolo al centro della sala da pranzo. Poi chiede alla donna di andare a raccoglierlo. Lei allora si alza dalla sedia con difficoltà e si sposta lentamente, il busto piegato all'indietro, poi si china a fatica, raccoglie il tovagliolo ed ecco che papà fa la sua previsione, in grado di sorprendere tutti: se lei raccoglie il tovagliolo prendendolo per il centro, avrà una femmina, se afferra un angolo, avrà un maschio. O è forse il contrario?

Troppo forte, papà, davvero.

Per quanto mi riguarda, non trovo per nulla belle le donne che aspettano un figlio. Quando è estate, hanno spesso delle macchie sul viso e portano costumi ridicoli con la gonnellina. Che brutti! E poi non mi piacciono per niente i loro vestiti. Sembrano delle tende con tante pieghe che coprono la pancia, colletti bianchi o grandi gale sul davanti, come i pittori nei miei libri di storia. E poi portano le scarpe piatte, che fanno i polpacci grossi. È davvero un peccato che nessuno abbia inventato abiti carini per le donne che attendono un figlio e che sono invece costrette a portare cappotti a forma di trapezio o portavaso, a fiorellini come le camicie da notte delle tate.

Quando sarò grande metterò solo cose carine. E papà mi farà il trucco della fede o quello del tovagliolo per dire a tutti se sarà un maschio o una femmina.

«Ma ne hai di tempo per pensare a queste cose», dicono le donne con la pancia grossa, ridendo e prendendo il caffè con un dolce.

È proprio vero, che ho tempo. E poi sono troppo occupata con tutto quello che ho da fare con le mie bambole. Vestirle, spogliarle, lavarle, pettinarle, tagliare i capelli con le forbicine per le unghie della mamma, fare lezione, scegliere per loro un nome, portarle a spasso nel loro passeggino e così via…

La mamma ha persino accettato di farmi battezzare la mia bambola preferita. E allora abbiamo invitato le mie amiche con le loro bambole, mamma ha acquistato dal pasticciere i pasticcini, come si fa con i grandi, l'aranciata, la Pepsi e tante caramelle, e poi in sala abbiamo fatto la festa tra noi mamme delle bambole. È stato bellissimo. La mia bambola ha anche ricevuto dei regali, che è normale, dato che a un battesimo si fanno regali per il bebè, no?

Mamma aveva scritto gli inviti con la sua macchina per scrivere, in ufficio. Come veri inviti. È stata brava... Sembrava proprio un battesimo vero.

Certo, le mie bambole sono viziate, nessuno può dire il contrario. La mamma in persona ha persino fatto a maglia il maglione a jacquard per una di loro e anche per me, quando siamo partiti per la settimana bianca. Le maestre di sci hanno riso quando l'hanno visto, ma a me non importava proprio, punto primo perché erano cattive e poi per niente belle con il rossetto bianco e il naso tutto spelato, e poi perché nessuno aveva mai visto un maglione così bello per una bambola (e anche per me, certamente).

Tra qualche anno, mamma farà dei maglioni anche per me e i miei figli. Con tanti punti complicati e nastri in fondo alle maniche. Dato che vorrei almeno undici figli, avrà tanto lavoro. Quando glielo dico, la mamma mi dice sempre la stessa cosa: «Inizia a farne uno, e poi vedrai!».

Papà invece non dice niente, perché non sono affari da uomini. E poi non chiederei mai a lui se avere dei bambini fa male. Questo lo chiedo alla mamma. E lei risponde sempre la stessa cosa: «Se facesse male, non ne avrei fatti due!».

Logico. Non deve fare poi male, è per questo che ne avrò undici. Ma più in là.

Più in là sarà come oggi. Ne ho di tempo, è vero, ma comunque è meglio che inizio a imparare da subito. È per questa ragione che ho tante bambole. Per più in là. Per non essere presa alla sprovvista.

Bene, è meglio che vada, ora. Il bagno delle bambole non si fa da solo.

TUTTE SOLE E FELICI

Non ricordo più per quale motivo quella domenica io e mamma ci eravamo ritrovate noi due da sole al ristorante. Felici e innamorate l'una dell'altra.

Avrò avuto nove o dieci anni. Anche se conoscevo molto bene il luogo, quella domenica aveva sicuramente un'aria più di festa.

Era uno di quei ristoranti semplici, per nulla eleganti, una specie di locanda con tovaglie bianche e piatti decorati con un bel fagiano dorato al centro. E poi c'erano diversi bicchieri, mucchi di posate, un tovagliolo piegato a foggia di cigno e del pane in un cestino argentato. Il locale era ad appena cinque minuti da casa, ma per me quella rappresentava una vera e propria "uscita": avevo indossato il cappotto delle occasioni, le calzine bianche e le scarpe con il cinturino che mamma conservava in una scatola proprio per le grandi occasioni, come per esempio la comunione o il matrimonio di qualche cugino. Lei invece indossava il suo cappotto chic con il collo di volpe, gli orecchini dorati a clip, la spilla a forma di uccello, che le serviva per trattenere il foulard, e la borsetta di vernice nera che conteneva un fazzoletto, il portamonete e una scatola di liquirizie. Profumava dell'Air du temps di Nina Ricci, mentre io avevo avuto il permesso di mettermi un poco di acqua di colonia Bien être, giusto per fare la grande.

E così noi due sole eravamo in quel ristorante semplice, di domenica, a ordinare funghi alla greca, tournedos alla Rossini (all'epoca ricordo che erano molto di moda, soprattutto quando erano serviti con delle patate dauphine e un enorme ciuffo di crescione), parlottando di tutto e di nulla. Le raccontavo quello che sicuramente sapeva di già, ma che fingeva di trovare molto interessante, solo per amore: le mie discussioni con la professoressa di danza, i pettegolezzi della scuola e i miei progetti per l'avvenire che riguardavano la mia futura professione (non fece alcuna obiezione per il fatto che avevo abbandonato il mio sogno di diventare giudice istruttore per spostarmi verso quello di pilota di linea o commissario di polizia).

Il ristorante era pieno, e i due soliti camerieri faticavano a prendere gli ordini, servire gli aperitivi, gestire i clienti che si stavano irritando attendendo il conto o le tavolate di dieci persone che lasciavano correre i bambini urlanti tra i tavoli degli avventori.

Noi due invece non avevamo alcuna fretta, e così osservavamo i movimenti dei camerieri con un sorriso, mentre la mamma lanciava veri e propri sguardi di compassione al personale che era letteralmente travolto dagli avvenimenti. Mancava poco che si alzasse per far capire ai genitori distratti che avrebbero fatto meglio a guardare i propri figli e far sì che rimanessero seduti correttamente a tavola, oppure per aiutare lei stessa a portare via i piatti sporchi…

Stavamo bene insieme, io e la mamma, sedute compostamente presso la finestra, a bearci di quel debole raggio di sole che accarezzava una domenica grigia di periferia, felici di osare un atto di ribellione che consisteva nel rimanere a tavola anche se erano ormai quasi le 3 del pomeriggio, una cosa che non eravamo di certo abituate a fare…

Dato che tardavano a portarci il dessert, una donna sui cinquant'anni venne a scusarsi per il ritardo che avevano accumulato in cucina. Portava un vestitino nero, un grazioso grembiule bianco e l'aria sfinita. Mia mamma mi fece capire che si trattava di una "stagionale"… Chiesi se proprio perché era una "stagionale" le avevano chiesto di venire a lavorare solo quel giorno.

Mamma allora mi spiegò, senza ridere, che questa signora lavorava per diversi ristoranti, "in più" dei camerieri abituali, quando in pratica c'erano molti clienti... Personalmente considerai la sua spiegazione molto meno logica della mia, ma mi zittii vedendo una magnifica omelette norvegese flambé per dodici persone che stavano portando su un piatto d'argento, attraverso tutta la sala. Preferii allora accontentarmi della sua risposta, attendendo il mio dessert e giocherellando un poco con la saliera. Poi la mamma indicò la porta della cucina: finalmente vidi uscire la gentile signora "stagionale", che con aria trionfante mi portava la mia coppa di "pere bella Elena" e me la posava dinanzi con grazia. Mamma non poté fare a meno di ringraziarla come se le avesse portato il biglietto vincente del lotto. Poi le domandò anche se veniva a lavorare spesso lì. Ma io non ascoltavo più quella conversazione, troppo occupata a dividere scrupolosamente la crema chantilly dalla pera (ho sempre odiato la chantilly, ma mi dimentico di dirlo), in modo da attaccare immediatamente la cioccolata calda. Ho sentito poi quella donna chiedere alla mamma la mia età e tutto quel genere di domande che le donne si fanno spesso tra di loro, e che stancano molto noi ragazzi. Allora ho deciso di prendere io l'iniziativa e farle un bel sorriso, in modo da autopromuovermi come bambina gentile e graziosa. La signora "stagionale" mi rispose a sua volta con un sorriso, ma il suo era molto triste e lo sguardo mi ricordava più che altro quello di una persona che non ha ancora iniziato a piangere, ma comunque è lì lì per farlo. Mamma concluse poi quella breve conversazione augurandole buon lavoro. Ma, com'era sua abitudine, non poté fare a meno di preoccuparsi per lei: «Sicuramente finirà molto tardi, questa sera... deve essere strano, di domenica».

Dopo avere sparecchiato la tavola con pochi movimenti, la donna se ne andò pronunciando un'ultima frase, con un sospiro grave che non dimenticherò mai: «Oh, sa, non mi interessa. Non ho nessuno dietro di me, e nessuno davanti... E quindi, cosa mi può importare, se finisco tardi?».

Osservai mia mamma, che di colpo aveva assunto la sua aria dei momenti tristi.

«Ma cosa vuole dire: nessuno dietro di me, e nessuno davanti?», le chiesi, con la bocca piena di pera al cioccolato.

Mamma, che aveva ancora lo sguardo rivolto verso la donna che si allontanava, esitò un istante: «Vuol dire che... questa donna... beh, non ha una famiglia dietro di sé, come tu per esempio che hai i tuoi nonni, gli zii e le zie, e non ha nemmeno nessuno davanti di lei, come per esempio io e papà che abbiamo voi... Forse non ha potuto avere figli, è possibile, non lo so...».

Ho insistito: «Ah, allora è sola, vero? È per questo che aveva voglia di piangere quando mi guardava?».

In fondo, trovavo questa cosa molto buffa. Soprattutto il fatto che non aveva il papà o la mamma, oppure cugini, zie e zii. Ma quella situazione non mi preoccupava proprio, perché io ce l'avevo, una famiglia, e quando si hanno solo nove anni non si vede più in là della propria "pera bella Elena"... Per quanto riguardava poi il fatto di essere senza figli, mi sembrava davvero molto strano, perché a quell'età credevo che tutti, ma proprio tutti, ne avessero, e che quindi era meglio averli presto per fare la propria parte, altrimenti si correva il rischio di diventare un'originale allergica ai bambini e agli shampoo, che vive da reclusa in cima a una montagna, con pecore e vecchi libri... A nove anni, non si sa ancora quello che la vita ci riserva, le sorprese che ha preparato per noi... A nove anni, non si capisce ancora per quale motivo una signora con un bel grembiule bianco vi guarda con gli occhi umidi e perché la vostra mamma non smette mai di mormorare «che cosa triste» fingendo di cercare il rossetto nella borsetta...

Spesso mi sono ritrovata a pensare a quella donna e immaginare possibili scene che l'avevano come protagonista. La vedevo rientrare a piedi a casa sua, di notte, sotto la pioggia, dopo la chiusura del ristorante. La ritrovavo in un piccolo appartamento silenzioso, dove nessuno l'aspettava e dove il telefono squillava solo perché qualcuno le chiedeva di andare a dare una mano per un matrimonio o un battesimo... Ci pensavo per qualche istante, poi inspiravo a pieni polmoni l'amore e il calore che mi circondavano a casa dei miei e me ne dimenticavo.

Una famiglia alle mie spalle, una davanti. E dei bambini: ne avrò tre o quattro (dipenderà da mio marito, ma in tutti i casi non meno di due). Io non assomiglierò mai a quella donna... Allora perché mai farmi paura da sola?

No, non diventerò mai un fantasma dolce che senza volerlo poserà il proprio sguardo pieno di lacrime sui bambini che indossano i loro bei vestiti della domenica... Mai...

Non so dire per quale motivo il ricordo di quella donna così sola, senza famiglia né figli, non mi ha mai lasciato, come un brutto sogno che ritorna sempre, o magari come una premonizione...

Avrò avuto nove o dieci anni. In una domenica grigia di periferia io e la mamma mangiavamo fuori, felici e innamorate l'una dell'altra, ed ero certa che non mi sarebbe mai accaduto nulla di brutto...

SUA FIGLIA

Fino a quando lei era viva, ero sua figlia, e mi sembrava che non potessi essere la madre di nessuno. *La* mamma era lei... Non io.

Anche se insisteva perché le "regalassi" dei nipotini, anche se si lamentava del vuoto che aveva intorno, di tutte le sue amiche che erano ormai nonne, ero rimasta la sua "principessa", la sua "bambola", e non ero mai diventata veramente adulta per lei.

Tuttavia, e mi costa fatica dirlo, sono sollevata all'idea che mamma non abbia dovuto vivere con me questi momenti difficili. Mi sarebbe spiaciuto se mi avesse sentito triste, se mi avesse visto piangere, se, come me, avesse riposto tutte le sue speranze nel quarto o quinto tentativo per poi vivere, con me, i risultati negativi come se fossero uno scacco personale, un'ingiustizia, una maledizione...

No, non avrei potuto sopportare il suo dolore.

E non sopportavo nemmeno l'idea di ferirla o di ingannarla. Forse è proprio per questo che non ho avuto un bambino prima. Avrei potuto decidermi decine di volte: potevo fare un figlio tutta sola, come hanno fatto alcune delle mie amiche, con un amante di passaggio, o con un uomo che non aveva alcuna intenzione di diventare padre. Sono convinta che avrei potuto farcela... Ma non mi sono fatta abbastanza forza, ho voluto aspettare il momento giusto, l'uomo perfetto, l'equazione ideale. E poi a lei non sarebbe certamente piaciuta l'idea di una figlia "ragazza madre", certo che no... E io, da parte mia, non ho mai avuto il coraggio di disobbedirle. E allora? Allora, ho atteso, ancora e ancora... Come nella canzone di Alain Souchon:

Tu avrai atteso, mia bella,
regina claudia e mirabelle[1].

Ma non ci sono certezze che pure dieci o quindici anni fa non avrei avuto problemi a concepire, per il semplice motivo che non si sa con esattezza per quale motivo non riesco ad avere un figlio, come del resto avviene per migliaia di donne: un caso molto, troppo frequente, che lascia aperte tutte le domande.

1 Alain Souchon, *J'attends quelqu'un*, testo di Alain Souchon, musica di Laurent Voulzy, 1988, BMG Music.

Mi ricordo che un giorno la mamma mi fece una confidenza: «Quando io e tuo padre abbiamo deciso di avere un figlio, il mese dopo ero già incinta di te... E, per di più, sei nata il giorno di Saint-Désiré! Non avrei potuto davvero sperare di meglio!».

Evidentemente, se fosse ancora qui, oggi, non avrebbe mai osato farmi una confidenza del genere. Avrebbe di certo intuito che, proprio come aveva fatto lei, anch'io ho desiderato un bambino, ma non ho avuto la sua fortuna...

Cosa avrebbe fatto, se fosse stata ancora viva? Cosa mi avrebbe saputo dire, per rassicurarmi? Avrebbe forse rubato la mia tristezza, affinché mi fosse più leggera?

Purtroppo non mi è rimasto in suo ricordo alcun oggetto personale. C'è quella borsetta vuota, o quasi, con dentro soltanto un fazzoletto e una piccola agendina che i suoi colleghi le avevano regalato quando lei aveva lasciato la ditta dove aveva lavorato come segretaria per accettare un altro impiego. Aveva appena diciannove anni, si stava per sposare con papà e si vedeva tutta la vita davanti, costellata di progetti, speranze, domande. In quel piccolo quadernetto tutti i suoi colleghi le avevano scritto una frase di saluto, con le loro belle calligrafie attente, fini e sagge. Che differenza con i biglietti d'auguri di oggi, dove una macchina ha stampato per voi frasi vuote, come "Goditi la vita!", magari con dei coniglietti idioti che stanno per sorseggiare dello champagne. Là invece ognuno aveva messo un pezzettino del proprio cuore, auguri pensati che lei avrebbe potuto conservare per tutta la vita, così da ricordare il periodo trascorso con loro.

Una di quelle frasi sa toccarmi più delle altre. È scritta con inchiostro bruno, sulla carta ingiallita, da una collega che era certamente più "vicina" a lei rispetto alle altre e le apre il proprio cuore, ringraziandola della sua amicizia. Poi soggiunge: «Ti auguro che i sogni che hai più cari si realizzino il prima possibile: un bel bambino paffuto e l'appartamentino dei tuoi sogni».

Ecco allora cosa sognava mia mamma all'età di diciannove anni: un piccolo nido per la coppia appena nata, un bambino... Dopo tutto, non siamo mai state tanto diverse. Malgrado il mio look da punk, le ribellioni precoci, le idee di grandezza e libertà, serbavo dentro di me, senza nemmeno saperlo, i suoi stessi sogni, i suoi desideri. E sono felice di sapere che quello a cui lei teneva così tanto si è per la gran parte realizzato.

Per quanto mi riguarda, invece... Capisco troppo tardi che ormai non ho più l'età, che ho lasciato passare l'attimo fuggente.

Non ho più diciannove anni, e la vita me lo ricorda continuamente.

E tuttavia mi mancherà sempre non avere condiviso con lei quei preziosi momenti da donna a donna, le conversazioni tra madri. Avrei sicuramente cominciato a vedere la vita dal suo punto di vista, avrei compreso le sue inquietudini, le paure che provava nei miei confronti. Mi sarebbe servito molto... Se si fosse verificato, saremmo state ancor più vicine.

Oggi, che lei ormai se n'è andata per sempre, provo la sensazione stranissima di avere saputo essere solamente sua figlia, e che questo rimarrà per sempre l'unico mio ruolo in uno strano pezzo teatrale dove io non posso essere la madre di alcuno.

Mia madre è costantemente dentro di me, assente e muta, silenziosa e triste, ma nel vuoto del mio cuore sento l'eco della sua risata di giovane donna diciannovenne a cui la vita sorrideva, e che sorrideva alla vita...

HAPPY BIRTHDAY TO ME

Ho quarantaquattro anni, e allora cosa ci faccio là?

Nel mio grande libro della vita mai vissuta, non si è verificato quello che era scritto. Né che avevo previsto. Niente di niente!

Se rileggo i miei ricordi, trovo scritto:

«Ho quarantaquattro anni e mi sto guardando le lunghe gambe muscolose e abbronzate che splendono sotto il sole. Sono oggetto di ammirazione di tutte le mie amiche (e ovviamente anche dei loro mariti). Ecco il risultato di venti anni di tennis, ginnastica regolare e assidua, alimentazione bio. Ma qui, nella nostra bella casa dell'île de Ré, amo molto questo stile di vita rilassato e in totale armonia con la natura. Anche mio marito la pensa come me. Oh sì, lui è un architetto. E un pittore, molto simpatico, molto bello, molto cool. Anche i nostri amici sono molto simpatici, molto belli, molto cool. Alla sera, quando ci riuniamo intorno alla piscina, dopo cena, assaporo la serenità di essere circondata d'amore, di essere amata nel mio grande scialle di Hermès, dono di mio marito per il nostro ventesimo anniversario di matrimonio. Tengo una mano su un ginocchio del mio uomo, e intanto ascolto distrattamente la leggera musica notturna fatta di conversazioni rilassate tra amici che si amano soltanto per il fatto di essere là, tutti insieme.

Ovviamente mentirei se dicessi che non ci sono mai state delle ombre, ma sono state poche, quasi inconsistenti. Cose così piccole che non vale davvero la pena soffermarvisi: il tetto di questa casa di famiglia che deve essere rifatto (per via dell'umidità: i miei cachemire sanno di funghi), mio suocero con un principio di Alzheimer che inizia a condizionare tutte le nostre riunioni di famiglia, la nostra primogenita Clara che è al suo dodicesimo lavoro e al suo settimo ragazzo (il che, a ventuno anni, mi sembra tutto sommato un buon inizio in termini di pianificazione). Il secondogenito, Tristan, si lascia crescere i capelli, il malumore e l'abilità di sfruttare qualsiasi essere umano dall'alto dei suoi quindici anni e del suo metro e novantacinque di altezza. Quando parla fa un'accozzaglia di discussioni senza capo né coda sulla necessità di essere un militante UMP (Unione per un Movimento Popolare) per poter costruire una Francia giovane e dinamica. Io poi non sono più nei programmi della mia nuova caporedattrice, una spilungona di ventotto anni che trova i miei articoli datati e pretensiosi…

Ecco qua: più o meno è tutto, e vedete che non c'è proprio nulla di interessante.

Ah sì, dimenticavo. C'è stata quella volta in cui mio marito mi ha tradita. È accaduto otto anni fa, durante una conferenza sull'urbanizzazione tenutasi a Madrid. Lei era sola, lui pure, e avevano un dossier urgente da chiudere, era tardi e il minibar iniziò a svuotarsi a vista d'occhio. Poi una parola tira l'altra, ed ecco che è accaduto, tutto consumato in fretta, e bene… Per lo meno è quello che mi ha detto nel momento in cui gli ho chiesto di confessare, dopo avere trovato delle frasi molto esplicite sul cellulare (certo, per caso, mentre lui stava facendo la doccia). Ho perdonato ma non ho mai dimenticato. Non è stato facile incollare tutti i cocci, ma ci siamo riusciti scegliendo di fare una terapia di coppia, un modo molto responsabile per salvare la nave… Poi, nove mesi dopo, è nato Hugo (eravamo riusciti a incollare i cocci meravigliosamente bene!). Hugo compie sette anni oggi, e tutti lo adorano. È la sottile foglia d'oro che rende ancor più bello e prezioso il mio ritratto di famiglia.

Tutto è immobile, o quasi, sotto il sole appena velato. Certamente ci sono delle giornate "no", ma che serve pensarci? Mi guardo intorno: ogni cosa è quasi perfetta, quasi completa, e io sono quasi felice. Ho un marito, tre figli bellissimi, un lavoro che mi permette di essere indipendente e di regalarmi quindici giorni di talassoterapia all'anno senza sentirmi in colpa. Le mie mammografie sono a posto, l'indice di massa corporea nella norma. La mia vita scorre placidamente, senza grandi rischi e senza imprevisti, e la notte ascolto pacificata il respiro regolare di coloro che amo.

Sono riuscita in quasi tutto, e sono quasi felice. Non è poi così male, no? In ogni caso, è tutto molto simile a come immaginavo il mio futuro vent'anni fa, quando i miei quarantaquattro anni mi sembravano distanti anni luce dal momento presente.»

Ecco quello che avevo scritto: a caratteri rosa, e molto tempo fa. Una bella proiezione chic-borghese-urbana.

Nessuna paura: avevo anche previsto una versione meno perfetta o eccessiva, in cui non dovevo necessariamente abbandonarmi tra una pila di «Marie-Claire» e un corso di Pilates, deliziosa in un maglioncino vintage di Colette.

Se rileggo ancora una volta i miei ricordi, trovo scritto:

«Ho quarantaquattro anni e tutta la mia famiglia è riunita per festeggiare il mio compleanno. Abbiamo appena finito di pagare il mutuo del villino e questa estate andremo in vacanza per la prima volta senza i bambini, come due innamorati, sulla Costa del Sol. Abbiamo la possibilità di essere veramente una famiglia unita. Per la casa, manca da terminare soltanto il terrazzo, ma se ne occuperanno mio papà e mio cognato quando termineranno di piastrellare la cucina di mia sorella. Quel giorno festeggeremo sicuramente con un grande barbecue e ne approfitteremo anche per battezzare il nostro piccolino e mia nipote. Alla buona. Ognuno di noi ci metterà del suo e porterà qualcosa: è normale, la vita non è sempre rose e fiori, ma ci si arrangia come si può, si lavora tanto e qualche volta facciamo pure fatica a sbarcare il lunario (il fido per il nuovo trattore ha dato un duro colpo al nostro conto e dovrò fare a meno di un'asciugabiancheria per quest'anno, ancora una volta). È la vita, e per molti è così, ma siamo davvero una vera famiglia, e i bambini passano davanti a tutto.

Certo, mi piacerebbe andare più spesso al cinema, dal parrucchiere o dall'estetista, e almeno per una volta soltanto assomigliare alle donne che si vedono sorridere da «Gala», sulle pagine che descrivono i compleanni delle star. Poi però mi domando se queste persone sono davvero felici, perché hanno l'aria così sola, nelle loro belle foto, e guardandole con maggiore attenzione si nota che la loro vita di coppia non deve poi essere tutta rose e fiori... È per questo motivo che preferisco la mia vita alla loro. Se si possiede già tutto, di cosa si potrebbe avere ancora desiderio?

Io sono contenta di quello che ho: mio marito, i miei figli, la mia famiglia, quelle mattine di Natale così felici, i colleghi in ufficio tanto simpatici, le domeniche tranquille davanti al televisore, le tovaglie bianche stirate alla perfezione per poi posarci sopra i piatti più belli, nei giorni di festa, la noia fatta a nostra misura, amici che ci assomigliano e speranze alla nostra portata.

Una felicità a suo modo semplice, senza pretese, che reca il mio nome. Con tanto amore che riscalda, le braccia di un bambino attorno al collo, cenette a due nella pizzeria dell'angolo, che ci offre pure il dessert. Sperando che questa vita duri ancora a lungo, almeno fino a quando i bambini saranno grandi. Tutto qui.»

Era quello che avevo scritto per me, molto tempo fa. E ci credevo, sicuro come l'oro!

Ma allora, cosa ci faccio qui, seduta sul cofano della mia auto, sotto la pioggia, con il naso che cola sul mio piumino, il mascara che segna il mento e i risultati delle analisi in mano?

Cosa mi sta accadendo, oggi, che non ho già vissuto nei mesi, nelle settimane, nei giorni passati? Osservo la mia mano, ancora indolenzita per il quindicesimo prelievo di sangue in due settimane, sento il ventre che si contrae, provocandomi delle fitte, e mi dico che so già tutto, ho già vissuto tutto… E allora, perché piangere? Cosa mi passa per la mente? Perché voglio dare di me questo spettacolo pietoso nel parcheggio dell'ospedale, in pieno giorno? Dopo un "delizioso" percorso durato ben quattro anni, possibile che il cuore non si sia ancora indurito?

Mi metto a pensare al fascino di tutti i miei sogni di venti anni fa, alla casa dell'île de Re, alla villetta appena terminata, alla famiglia raccolta intorno all'albero di Natale, al barbecue, ai bambini vestiti bene per andare al ristorante di domenica, penso a tutto questo, e ogni cosa si mescola nella mia mente tra due singhiozzi ridicoli.

Ho quarantaquattro anni, e cosa ci faccio qui? Chi sta vivendo al mio posto, in un altro luogo, la vita che mi ero immaginata? Chi ha sposato il mio architetto? Chi andrà in vacanza sulla Costa del Sol con la mia roulotte? Chi sognerà la "mia" asciugabiancheria?

Ho un ultimo singhiozzo, poi mi soffio il naso in un pezzetto di carta asciugatutto che avevo in borsa. Molto elegante… Non sento nemmeno la coppia che mi si avvicina sotto la pioggia e mi chiede più volte in inglese se va tutto bene. Li guardo con espressione stupida, e il mio inglese, che in genere è così fluido, si trasforma in una lingua incomprensibile e biascicata. «Vuole che chiami qualcuno?», mi chiede un signore dal forte accento saudita o libanese, o non so di quale altro Paese…

Faccio cenno di no con la testa, tenendo sempre il naso nel foglio di carta, e provo pure un filo di vergogna, poi alla fine mi riscuoto da quella situazione cercando disperatamente di aprire la portiera dell'auto (peccato che uso il telecomando della porta che conduce al box di casa). Tengo gli occhi fissi per terra e la testa ben incassata nelle spalle, quando sento all'improvviso una mano sulla mia spalla. Mi volto per dire «no grazie», ancora una volta, ma lo sguardo che mi sta fissando mi lascia sorpresa per un momento. Non vedo che i suoi occhi, in quanto tutte le forme del corpo scompaiono sotto un lungo chador nero. Senza dire nulla mi tende il foglio con i risultati degli esami, che era rimasto incollato sul cofano dell'auto. Meccanicamente la ringrazio. Il marito la sta aspettando nella 4x4 accesa. Rimaniamo per qualche secondo ancora sotto la pioggia, che lascia minuscole lacrime di luce sul suo velo nero. Abbasso gli occhi, e improvvisamente noto il rigonfiamento all'altezza dell'ombelico e, sotto il tessuto appena teso, percepisco su di me lo sguardo del bimbo che ha in grembo. Di quanti mesi è? Sette? Otto? È l'unica cosa che mi viene in mente, poi i miei occhi si riempiono ancora di lacrime quando la vedo sfiorare il ventre con la sua mano. D'improvviso ha un gesto terribilmente dolce e violento, fatto di una impudicizia piena di tenerezza, un dono che soltanto una donna può fare a un'altra donna: abbassa la parte del velo che le copre il viso e mi sorride. Poi mi sussurra dolcemente, come se fosse un segreto: «good luck», buona fortuna. Con un gesto vivace si copre di nuovo e raggiunge il marito nell'auto ferma sotto la pioggia.

Ho quarantaquattro anni, piove e il foglio che tengo in mano mi dice per l'ennesima volta che nessun bambino mi ha voluto per mamma.

È proprio questa la vita che sto vivendo. Qui, ora. Non l'avrei mai immaginata, nemmeno nei miei incubi più spaventosi.

L'ORA DELLE MAMME

Oggi mi aspetta un evento felice: so per certo che Darty mi consegnerà la mia nuova lavabiancheria tra le quattordici e le sedici.

Sul cellulare ho solamente foto dei miei gatti in tutte le posizioni e dei miei amici, colti in varie occasioni e abbigliamento. Incorniciate, in giro per casa, ho immagini di me neonata, e poi bambina, adolescente... No, adolescente no. E ancora foto del mio matrimonio, del mio compleanno, del compleanno di altri, di me ritratta davanti all'Acropoli, sotto la torre Eiffel, a casa di amici, con gli amici, sola, in coppia. Dopo tutto, posso dire che ho delle belle foto...

Ho anche un'agenda molto piena, fortunatamente. Lavoro, scrivo, registro in televisione. Non necessariamente in questo ordine: talvolta, quando non vado in tv, scrivo, o quando non scrivo registro in televisione. Capita anche che faccio le due cose contemporaneamente. Faccio poche vacanze, perché rendono molli e sfaticati. E, a ogni modo, lavoro anche in vacanza, quindi...

Cerco di non pensare troppo a me, di non occuparmi troppo di me: non lo trovo veramente indispensabile. Non mi interessano le auto, la Borsa mi annoia e non sono nemmeno troppo attaccata al concetto di proprietà (a eccezione dei miei gatti, che sono solo miei...).

A parte questi banali dettagli, posso comunque dire di avere una vita piena.

A poco a poco ho dovuto ovviamente fare dei cambiamenti in casa. Innanzitutto ho spostato libri come *I più bei nomi irlandesi*, *Aspetto un bambino*, *La personalità del bambino*, dal primo scaffale al punto più distante e nascosto della libreria, dove prendono polvere in attesa di tornare utili a qualcun'altra.

Certo, ormai è un bel pezzo che, quando sono a corto di ispirazione per un servizio, non scribacchio più sul mio bloc-notes una specie di partecipazione immaginaria dove affermo di avere «la gioia di annunciare che il 12 maggio alle 15, a Parigi, è nato Lancelot, 52 cm e 4,2 chili», giusto per vedere che effetto fa. Posso dire che ormai queste piccole abitudini mi hanno a poco a poco abbandonata, allontanate da una delusione dietro l'altra, da trattamenti senza risultati, da giorni passati nella casa perfettamente rassettata.

Non metto nemmeno più dei cuscini sotto il maglione per vedere che aspetto ho davanti allo specchio del bagno né dico più frasi come «quando sarò incinta partorirò sicuramente con l'epidurale, mi fa troppa paura il dolore...».

Oggi come oggi, se uno mi dicesse: «Rimarrai incinta, ma dovrai partorire da sola, nel bosco, con un pezzo di legno tra i denti e un paio di forbicine per le unghie come unico strumento chirurgico», ci metterei subito la firma, in fondo al contratto. Senza esitazione alcuna...

Ovviamente quando vado in un grande magazzino non faccio più il giro per tutto il reparto dei corredini perché ho cinque minuti liberi e perché "quello che fanno oggi per i bambini è davvero delizioso".

E altrettanto ovviamente ho anche gettato tutte le agende e i bloc-notes di Anne Geddes, dove i suoi neonati angelici, addormentati dentro o accanto a una zucca, hanno iniziato a intristirmi sempre di più, giorno dopo giorno, dopo avermi fatto veramente sognare.

Certo mi è costato molto fare il funerale a tutte queste deliziose scintille fatte di gioia, piccole cose che non significano poi molto quando possono essere accostate a un progetto, a qualcosa che è ancora possibile.

Ma quando non esiste più alcun domani di fattibilità bisogna fare quello che va fatto, come dopo la morte di un genitore: svuotare la casa, senza tanti drammi né lacrime, perché il destino è quello, e non si può proprio farci nulla.

Non ho alcuna intenzione di trascorrere il resto della mia vita a piagnucolare sul mio destino. Innanzitutto perché questo mio atteggiamento sarebbe per tutti una seccatura, e soprattutto perché tanto non cambierebbe nulla. E poi ci sono persone ben più sfortunate di me, che soffrono molto di più, che sono più violentemente aggredite nella carne.

Non fingerò comunque di non essere triste: non riuscirei mai a mentire fino a quel punto.

Se dovessi fare un elenco di tutte le cose che mi mancheranno, questo libro non sarebbe proprio sufficiente a contenerle tutte.

Un seggiolino per neonati sul sedile posteriore, una riunione tra genitori di alunni di una stessa classe, il morbillo, la varicella, l'otite, gli appuntamenti dal pediatra, e poi i costumi di tessuto crespo cuciti la sera prima della festa scolastica, *Il Re Leone* in dvd visto per la 102° volta, le merende con gli amichetti per il compleanno, le crisi di nervi al supermercato, i compiti a casa da rivedere, le notti in bianco, i dentini nuovi che spuntano, la speranza di poter poltrire a letto fino alle sette alla domenica mattina, le passeggiate al parco per prendere un po' d'aria, i disegni più belli per coprire la porta del frigorifero, le collane di pasta secca da portare con orgoglio, gli svuotatasca fatti con la scatola del camembert, da mettere sul comò, e ancora dei piccoli topini che salgono fin sulla spalla, o sotto l'orecchio, le tracce delle dita sulle pareti, montagne di mutandine impermeabili, litri di latte per neonato, chilometri di salviettine imbibite di detergente, stuoli di baby-sitter, mucchi di roba da stirare, carrelli strapieni, grandi tristezze senza lacrime, manine che si tendono... Non posso fingere e dirvi che non ci penserò più.

Ma come mi ha detto un giorno qualcuno cui ho confessato che mi sarà difficile mettere una croce definitiva su tutto questo: «Bisogna passare ad altre cose, non so... Per esempio potresti fare volontariato... Vedrai come ti riempie la vita!».

Volontariato?

Beh, perché no?

LA SIGNORINA JOUBERT

La squadra esterna sta sistemando la scena seguente, coprendo le finestre e fissando i proiettori in pani di ghisa (tirate fuori queste tre frasi a una cena, e persino Lelouch in persona crederà che siete da sempre nel mondo del cinema!).

Nell'île de Ré oggi soffia un vento impossibile, tanto che sembro un levriero afgano in piena corsa. Il mio parrucchiere è appena andato in missione alla ricerca di una lacca per concorso ippico, per darmi la possibilità di recitare e al contempo vedere gli altri attori.

I bambini si divertono urlando in cortile mentre io sto cercando una panca per posare il mio delicato didietro.

Philippe, il mio partner, sta facendo morire dal ridere un gruppetto di ragazzini con il suo celebre numero del "preside zoppo", poi viene a sedersi accanto a me. Come è nostra abitudine osserviamo i bambini che giocano senza dire nulla.

Una piccola attrice decide di farci una serenata attaccando *L'accordéoniste* di Edith Piaf come se fosse una cantante professionista, supportando la propria performance anche con gesti molto precisi nel momento in cui Piaf canta *«ça lui rentre dans la peau par le bas, par le haut»*[2]. Applaudiamo convinti la piccola artista, sorridendo e asciugandoci gli occhi per la felicità. Lei è molto fiera, e ne ha motivo.

Philippe è richiesto dai suoi fan e non si fa affatto pregare per raggiungerli di nuovo. Dopo avere trovato un triciclo rosa in un angolo del portico lo inforca e si mette subito a pedalare come se fosse il ciclista Virenque, seguito da una scia di bambini felici.

Ma un ragazzino rimane accanto a me. Sta lentamente succhiando il cordone della sua giacca a vento, mentre i suoi occhi blu cupo mi fissano sfacciatamente.

«E allora, Quentin[3], non vai a giocare?»

Grattandosi il naso fa cenno di no con la testa.

«Però è un peccato, tra cinque minuti dobbiamo riprendere...»

«Tu sei sposata, alla tele?»

«Sì, sono sposata. Ma per davvero, non alla tele.»

2 «... gli entra nella pelle dal basso, dall'alto». *L'accordéoniste*, testi e musica di Michel Emer, 1942, Editions Semi.

3 Il nome è di fantasia.

«Perché?»

«Perché sono sposata?»

Alza gli occhi al cielo come per dire "ma è chiaro, no?, che stupida!".

«Ah! Beh, perché ci si amava molto e abbiamo deciso di sposarci. Come tuo papà e tua mamma, sai?»

«Il mio papà e la mia mamma non sono sposati...»

"Merda!" ho pensato. "Ci avrei scommesso." Ero certa che le cose si sarebbero complicate.

«Oh, ma sì, certo... Non è mica obbligatorio sposarsi quando ci si ama.»

«E tu hai dei bambini tuoi?»

Ma chi è questo ragazzino? Cosa vuole? È andato a scuola da Fogiel, ben noto animatore e produttore di trasmissioni televisive, per imparare a fare domande che mettono così tanto a disagio?

«No, non ho figli miei.»

«E perché? Non ti piacciono i bambini?»

Vedo che non allenta affatto la presa. È un po' come il protagonista nel film *La maledizione di Damien*. Ma che sfortuna!

«Ma no, amo molto i bambini, è solo che fino a ora non ne ho avuti. Capisci?»

Mormora qualcosa, poi fissa lo sguardo su Philippe che sta pedalando sul triciclo. Io invece sto semplicemente pregando affinché l'interrogatorio di questa sottospecie di ufficiale della Gestapo abbia fine.

Senti chi parla!

«Ma ne vorresti?»

«Sì, sì, certo che ne vorrei!» (Mi fa dire anche tutte queste bugie!)

«E quando?»

«Non lo so, Quentin, mi piacerebbe tanto risponderti, ma non posso dirtelo con precisione.» (Purtroppo però la mia voce inizia a mostrare a questo tipino segni di aggressività molto poco appropriati...)

Sono pronta a tutto affinché il cielo mi venga in aiuto e finalmente l'assistente ci avvisi urlando «Riprendiamo!».

Quentin osserva il laccio che ha rosicchiato con i due denti davanti, poi solleva lo sguardo e rimane immobile a fissarmi.

Io non trovo di meglio che far finta di nulla, e guardare con aria distaccata le mie scarpe.

«Sai, la mia mamma, beh, lei ha tanti figli!»

«Oh bene, allora hai una mamma super. Sono davvero contenta per lei.»

«Ma forse un giorno ne avrai anche tu, tanti!»

«Forse, sì...»

«Sei triste?»

Lotto con me stessa per cercare di non far trasparire nulla, e penso che il cielo è dalla mia parte, perché fortunatamente le raffiche di vento mi spingono ciocche di capelli sugli occhi.

«Mah, preferirei essere come la tua mamma e avere molti bambini. Comunque ho intorno a me tanti bambini piccoli, i miei cuginetti, le mie cuginette, i miei figliocci, i figli dei miei amici...»

«Sì, ma non sono i tuoi...»

Mi sembra di avere un'incudine in gola.

«No... ma va bene così, sai? E poi la vita viene come viene. Sei sicuro che non vuoi andare a giocare?»

Quentin tira su la cerniera fino al naso, poi la riabbassa. Ripete questo gesto una decina di volte, fissando il vuoto.

«Sai, mia zia ha dato i suoi tre figli alla DDAS* perché non voleva più occuparsene e lei era sempre ubriaca quando si abitava dal nonno, anche se la nonnina chiamava i gendarmi tutte le volte. Se vuoi puoi chiederle se puoi prenderli, così saranno tuoi.»

Non ho più risposte pronte: non so più cosa dire. Anzi, non desidero altro che sparire.

«Sai, è molto gentile da parte tua, Quentin, ma non credo che sarebbe possibile... Per svariate ragioni.»

«Però potrei sempre chiedere...»

«Oh no, no! Non chiedere nulla! Però, sai, è

* *Direction Départementale des Affaires Sanitaires et Sociales,* Direzione dipartimentale di assistenza sanitaria e sociale [N.d.T.].

molto gentile da parte tua pensare a me. Mi commuove molto, sei un ragazzino davvero gentile.»

Si ferma a riflettere.

«Sai, signorina, non sei come alla tele.»

Sorrido per il "signorina".

«Grazie, Quentin. Vuoi dire che dal vero non sono cattiva?»

Grosse gocce di pioggia ci ricordano che siamo comunque in febbraio. Senza dire una parola, il ragazzino si copre con il cappuccio, poi si abbassa per rifare il nodo alle sue scarpe da ginnastica. Quando si risolleva mi fissa per l'ultima volta.

«No, dal vero sei triste.»

Poi se ne corre via a gambe levate, raggiungendo i suoi compagni che stanno calpestando una cartella nuova, urlando di gioia.

E io rimango pietrificata, immobile nel cortile pieno di risate e urla, mentre l'unica cosa che mi attraversa l'anima, l'unico pensiero che mi angoscia in questo preciso istante è: «Ma si vede poi così tanto?».

INVECCHIARE DI COLPO

Da cosa mi sono accorta di essere invecchiata? Certamente non dalla data scritta sulla mia carta di identità alla voce "data di nascita".

Ormai, se faccio bene i conti, ho quasi quarantacinque anni. Quarantacinque anni... Sono stranamente vecchia... Per una bambina di otto anni significa essere vicini a uno stadio avanzato di fossilizzazione. Quando avevo otto anni, ricordo che seguivo spesso un rituale particolare: davanti a casa, fissavo una estremità del mio elastico al rubinetto del cortile, vicino all'aiuola di fiori, l'altra estremità a una delle traverse della cancellata e potevo così giocare all'elastico, come nel cortile della scuola, senza avere bisogno di requisire due bambine per tenere fermo l'elastico con i polpacci. Un'autonomia perfetta, e nessuna che mi poteva dire che avevo perso e toccava a lei.

Allora, giocando tutta sola davanti a casa mia, mi mettevo a pensare a cose strane, e spesso il soggetto era il futuro. Il mio futuro e il numero 8. Ripetevo tra me e me, a voce bassa: ho otto anni, sono nata l'8 di maggio, abito al numero 8 di rue Yves Le Coz, e quando avrò quindici anni partirò sulla 2CV per Saint-Tropez, con Claudine, la mia migliore amica, e andremo insieme in campeggio…

Oppure: quando avrò vent'anni, non mi sposerò e me ne andrò a curare le scimmie in Africa… O ancora: quando avrò venticinque anni, acquisterò per papà e mamma una casa gigantesca e avremo cani, conigli, gatti. Vivremo tutti insieme e la mamma non lavorerà più. E poi si tornava sempre all'ormai celebre: quando avrò trentasei anni sarà l'anno 2000… L'anno 2000! Avrò sicuramente un marito e tanti figli, sarò giudice istruttore o pilota di linea dell'Air France, oppure ispettore di polizia, e avrò già fatto tutto quello che avevo deciso, e non farò altro che riposarmi perché sarò ormai vecchia e stanca…

Trentasei anni… mi sembrava già un'età da vecchi, e l'anno 2000 era lontanissimo. Quasi inimmaginabile. Inconcepibile. Avevo appena otto anni, i capelli lunghi, le ginocchia magre sempre pennellate di mercurocromo, i saggi di danza classica, mucchi di bambole, fidanzati della mia età che facevano sorridere mio padre, compiti e lezioni, poesie da imparare a memoria… e tutta la vita davanti.

All'età di otto anni, si considera vecchia una persona di trentasei: che assurdità! Immaginate allora quando se ne hanno quarantacinque...

Eppure ormai ci sono arrivata...

Alla fine non è andata proprio così, non tutto è stato fatto. Ci arrivo, ma lentamente. Ricordo mia madre quando, durante l'ultimo anno della sua esistenza, mi squadrava dalla testa ai piedi, dicendomi con un sospiro: «Ma quando inizierai a vestirti da signora?».

Allora cercavo di farmi piccola piccola e di nascondere le mie unghie rosicchiate nelle tasche del parka.

Non me l'aveva mai detto con cattiveria, ma sapevo che avrebbe preferito una figlia elegante, in un raffinato tailleur dal taglio perfetto, con belle scarpe a tacco basso e una borsa di dimensioni normali, invece di un'adolescente mal cresciuta, infagottata nel piumino, con scarpe da ginnastica fluorescenti e uno zaino in spalla che poteva tranquillamente contenere un paracadute.

Non facevo apposta, né volevo accuratamente evitare tutto quello che poteva avvicinarmi all'età adulta, in un moto di rivoluzione tardiva. Semplicemente non mi ero accorta che il tempo passava... tutto così banale...

Poi c'è stato qualcuno che ha voluto ricordarmelo, senza saperlo. Prime fra tutte, le commesse di profumeria. Mi ricordo ancora dei bei tempi quando, effettuando qualche acquisto per sublimare la mia bellezza naturale, mi davano tutta una serie di campioni di profumo, oppure un set di gel doccia + lozione + peeling, "perfetto per i weekend brevi!", consegnato con un risolino da donna molto esperta delle cose della vita e del poco tempo che un amante focoso ci lascerebbe tra due amplessi, durante un weekend di passione. Qualche anno dopo, hanno iniziato a scrutarmi per lunghi secondi, strizzando gli occhi, come un medico che vede un punto poco chiaro nella colonscopia, dicendomi poi con aria confidenziale: «Le faccio provare un siero tensioattivo per pelli affaticate, una crema da notte per il contorno occhi da combinare con il gel "speciale rughe profonde" da giorno e la maschera rassodante e levigante.» Grazie, signora!

È questo quello che definiamo senza ombra di dubbio "invecchiare di colpo". Soprattutto, per una ragazza come me, giovane sposa e non ancora mamma alla bella età di quarantacinque anni.

Ma l'affondo più grave me l'ha fatto un medico con una voce monocorde e asettica, totalmente priva di sentimento, forse per farmi definitivamente capire che i miracoli non esistono affatto, pur volendoli con tutte le proprie forze: «Le sue ovaie ormai sono troppo vecchie, *lei* è troppo vecchia. Oltre i quarantatré anni abbiamo dati che dimostrano come le possibilità di una gravidanza siano quasi inesistenti, quindi non si butti in una battaglia già perduta in partenza, eccole tutto un dossier per la DDAS, così che possa optare per l'adozione».

Ho piagnucolato un qualcosa di pietoso e patetico, tipo «ma non è giusto», o qualcosa di simile.

«Ma è la vita che non è giusta, signora, ne sono ben consapevole», mi ha risposto il medico, alzandosi e tendendomi i documenti.

Sono uscita come un automa, recuperando l'auto per istinto, perché non ricordavo più dove l'avevo parcheggiata, e facendo sempre da automa il percorso fino a casa. Ho pianto sulla circonvallazione, con un sottofondo di Radio Notre-Dame, senza nemmeno capire quello che stavo ascoltando. Con poche parole semplici quel medico mi aveva fatto molto male, ma in fondo quelle frasi rappresentavano la cruda verità. Eppure non potevo volergliene.

Quel giorno ho saputo nel mio corpo, e nel mio cuore, che ero invecchiata. A partire da quel momento, ho avuto veramente quarantacinque anni.

LA CENA DEI CRETINI

Ancor oggi non riesco a dirmi per quale motivo avessi accettato quell'invito a cena.

Mi piace cenare soltanto con i miei amici, o con la mia famiglia, e tuttavia loro non facevano parte né degli uni, né dell'altra. Conoscevo la padrona di casa per avere lavorato nel medesimo ufficio, qualche anno prima; lei mi dava del tu, io le davo del tu, e forse bastava giusto quello, per lei, per classificarmi nel gruppo delle grandi amiche. Da qui l'idea della cena, dove io troneggiavo a capotavola come una regina della Papuasia in visita sul continente, oggetto di ogni sguardo, di tutte le curiosità possibili e al contempo di ogni indifferenza. Cercavo in qualche modo di seguire le conversazioni delle coppie che si conoscevano già e si scambiavano particolari sulle ultime vacanze alle Mauritius o a Biarritz, oppure sullo stato dei lavori nella loro casa di campagna.

Di tanto in tanto si rivolgevano a me per avere una risposta secondo loro essenziale per la conversazione, come per esempio: ma era vero che c'era un casting particolare per *Le Maillon faible*, oppure ci si limitava a scegliere persone con un quoziente intellettivo di meno di 80? O ancora: chi pagava gli invitati in televisione o decideva il vincitore della trasmissione *Star Academy*? In attesa del secondo o dell'insalata, mi avevano in pratica affibbiato il ruolo di "quiz vivente", e io tentavo di dare le risposte più logiche possibili alle domande più assurde al mondo, con otto paia di occhi che mi fissavano insistentemente.

Anche grazie all'aiuto del vino, soprattutto per chi lo stava bevendo, gli invitati iniziarono a prendere più confidenza, a darmi del tu, a mostrarmi le foto del loro chalet di Courchevel, a parlarmi delle loro passioni, che andavano dalle Bentley al golf, dallo yoga alla scultura astratta. Ho sentito persino un «Su, dai, Lolo, facci la tua famosa strizzata d'occhio!», che ignorai educatamente una prima volta, per poi dover esplicitamente declinare l'offerta con un sorriso, avvolta da un «ohhhh!» di delusione generale.

Mi sembrava che quella cena non finisse mai, i miei bronchi non riuscivano più a reggere quell'atmosfera composta per il 70% da Marlboro e per il 30% da sigari cubani di prima scelta. Il mio cervello non riusciva più a registrare tutte le informazioni che vi giungevano, afferravo al volo briciole prive di ogni significato, campioni di stupidità grezza, atteggiamenti pretensiosi a mala pena contenuti. Ognuno vi partecipava con le sue frasi sulle elezioni, il guardaroba di Sarkozy, la povertà del cinema francese, l'aumento dei tassi d'interesse, il talento della scrittrice Amanda Sthers, la difficoltà di trovare una spa adeguata nel periodo natalizio... Tutto mi giungeva all'orecchio in un disordine totale, e non potevo che sorridere stupidamente per nascondere la mia più totale incompetenza su quei soggetti diversi, lottando contro la voglia insopprimibile di dormire, o morire, direttamente lì sulla moquette bianca del salone, subito prima del dessert, in preda a spasmi spaventosi e sbavando solo per fare qualcosa di diverso.

Ma non ne ho avuto il tempo.

Il mio vicino di sinistra, splendente nella sua camicia Mugler (facilmente riconoscibile dal collo molto alto), si volse verso di me e, dopo essersi servito un dodicesimo bicchiere di vino, tuonò con una voce simile a quella del medico scolastico che invita l'alunno successivo a mettersi sotto il metro per misurargli l'altezza: «E allora, abbiamo o no dei bambini?».

Come potete immaginare, quel riferimento al *noi* è quanto mi ha sconvolto maggiormente! Ho visto subito il viso della padrona di casa che assumeva un'aria sconvolta, ma era troppo distante per poter intervenire. Gli altri invitati avevano ormai smesso di parlare per ascoltare la mia risposta, bloccandosi addirittura con la forchetta del dolce in aria o i gomiti appoggiati sulla spalliera della sedia, in modo da non perdersi una virgola della risposta che stavo per dare. Proprio come quando lo zietto si accinge a raccontare le sue famose storielle divertenti alla fine del banchetto.

Avrei anche potuto rispondere rimanendo nel vago, che è poi la cosa che so fare meglio. Avrei potuto raccontare loro qualsiasi cosa, dopo che queste persone avevano avuto il buon gusto di rivelare subito le proprie scelte sin dalle presentazioni: non leggevano i giornali popolari, guardavano pochissimo la televisione, conoscevano qualche pettegolezzo solo per bocca dei loro figli che, invece, la guardavano.

Ascoltai il silenzio che precedette il mio intervento e, credetemi, non era quello cui aveva voluto dar voce Mozart. Poi ho sorriso, mostrando tutti i denti. Infine ho inclinato leggermente il capo, come quella poveretta di Lady Di quando voleva essere compatita, e ho fatto il mio salto mortale.

«No, non ho bambini: sono sterile.»

E poi mi sono soffermata ad ascoltare il rumore della mia risposta, e questo vi posso assicurare che non aveva nulla da invidiare a Mozart!

Se posso permettermi un inciso, rimasi io stessa sorpresa dell'effetto che la parola "sterile" ebbe su di me dopo averla ben articolata e pronunciata con voce chiara e sicura. Ho sentito in gola come una grossa bolla che racchiudeva un singhiozzo, un monito al fatto che quella, dopo tutto, era la pura verità. Avrei potuto dire: «No, purtroppo, non ancora...» o «Sarebbe nei miei progetti futuri...», invece avevo scelto di rovinare un poco la loro bella serata, come loro avevano rovinato un poco la mia.

Tutte le cose belle hanno però purtroppo una fine, e gli invitati ritrovarono troppo in fretta l'uso della parola. Una bruna alta, con una decina di collane Chanel e il naso rifatto, decise di portare il proprio contributo alla conversazione: «Ma può sempre adottarne uno! Abbiamo molti amici che l'hanno fatto, e si sono trovati benissimo, sa?».

Peccato che appena mezz'ora prima stesse raccontando, a chi voleva ascoltarla, i particolari della nascita del suo quarto figlio presso la clinica Sainte-Isabelle di Neuilly, ma non importa... Il suo intervento aveva comunque origine da un sentimento buono. Aggiunse poi, mettendosi una lunga ciocca di capelli dietro l'orecchio: «Beh, certo, se vuole un neonato biondo e con gli occhi azzurri la cosa è più difficile. È proprio vero che le persone non vanno di slancio verso i bambini di sette o otto anni, o quelli che hanno un handicap leggero, oppure che hanno semplicemente bisogno di tanto amore... Lo trovo così ingiusto, per loro!».

Tutti gli altri si dissero d'accordo, all'unisono. Era davvero difficile non rispondere a quella osservazione così pertinente e piena di tatto.

«Ah, davvero? Perché lei lo farebbe?»

«E perché no?», rispose, facendo tintinnare i braccialetti contro l'orologio Chanel.

«Se non avesse i suoi quattro bambini, andrebbe immediatamente a fare la domanda per adottare preadolescenti con qualche handicap?»

Non ebbe nemmeno un momento di esitazione. «Ma certo, assolutamente! E mio marito sarebbe totalmente d'accordo con questa decisione.»

Il marito tuttavia si limitò a servirsi del Cointreau, senza rispondere. In lontananza, all'altro capo della tavola, la padrona di casa cercò di cambiare argomento, facendo passare un vassoio di amaretti di Ladurée, ma senza successo.

«E allora la ammiro, davvero, ma io non ho il suo coraggio.»

Aveva trovato così il suo pubblico: mi ricordava tanto la cantante Eve Angeli impegnata a raccontare la propria vita all'ultimo salone dell'erotismo. Aveva bisogno di insegnarmi la vita, dato che lei aveva saputo donarla!

«Essere madre non significa necessariamente essere una madre ideale, con una vita e un'immagine ideali, bambini perfetti che trillano facendo dei sorrisini. Sono convinta che, quando si vuole per davvero essere madri, si deve poter proiettare il proprio amore oltre le proprie fantasie.»

«Ma certo! L'importante è essere madre, poco importa di chi e come. L'importante è credersi in obbligo di aggiungere una invitata che non si era fatta più viva fino a quel momento... forse proprio a causa dell'ennesimo fallimento nel prelievo di ovociti.»

Ho visto che la padrona di casa stava quasi per svenire, e ho capito che, se avessi ribattuto ancora una volta, la sua serata sarebbe stata da classificare senza appello tra gli annali delle sciagure nel XVI arrondissement parigino.

Allora ho scelto la risposta finale, con cura e gentilezza.

«Certo il mio è un punto di vista come un altro, o no?»

Alla fine non ricordo nemmeno quello che ho raccontato per riparare i danni. Poi finalmente la padrona di casa ha lanciato un: «Chi vuole il caffè?», urlando come un maialino che viene sgozzato, e tutto è rientrato nell'ordine delle cose.

Dirvi che non avevo voglia di piangere sarebbe una menzogna, anche se provavo soprattutto il desiderio di salvarmi e nascondermi. Non era comunque quello l'ambiente giusto per spiegare cosa provavo veramente. In me erano un fortissimo desiderio di gravidanza, di cui ormai dovevo imparare ad accettare l'impossibilità, e la voglia di maternità che non mi aveva mai abbandonato, né mi abbandonerà mai. Non volevo ricorrere all'adozione come ripiego. Dovevo accogliere il cammino verso un "altro" bambino che non fosse mio figlio biologico, ma volevo farlo con un ritmo mio, per poterlo poi accogliere un giorno con amore.

Evidentemente questa persona era convinta che, all'annuncio della propria sterilità, una donna si desse una bella manata sulla coscia prima di alzarsi dicendo al medico: «Non fa nulla, non è poi così grave, ne adotterò uno!». Certo, ci saranno pure quelle pronte a comportarsi così, ma, nel mio caso, ci vorrà ancora tempo...

Ma che male c'è ad avere voglia di stringere tra le braccia un bel bambino appena uscito dal proprio ventre? Non era forse quello che tutte le donne intorno a quel tavolo, quella sera, avevano avuto la fortuna di poter fare, un giorno? E perché allora proprio io dovevo rinunciare definitivamente al mio bambino, a un figlio biologico, nato da me, al mio figlio ideale, all'idea di una creatura mia, senza arrogarmi per lo meno il diritto di versare una sola lacrima?

Una volta raggiunto l'ingresso, e dopo avere presentato le mie scuse ai presenti, mi sono infilata il cappotto ascoltando quelle della padrona di casa, che cercava gentilmente di rassicurarmi, ma la sua era una presenza del tutto vuota. Finalmente la vidi tornare dai propri invitati, rosicchiandosi le unghie. Dopo essere uscita sentii una mano posarsi improvvisamente sulla mia spalla. Sorpresa, mi voltai, vedendo dinanzi a me il marito della bruna alta dal quoziente intellettivo simile a quello di una cozza. Convinta che volesse dire la sua, mi avvicinai rapidamente all'ascensore, per evitarlo: «Volevo scusarmi per le parole di mia moglie.»

«Ma la prego, non è nulla...»

Come una demente continuai a premere il dito sul tasto dell'ascensore.

«Sì, invece, è importante per me. Sono certo che l'ha ferita, anche senza volerlo...»

Entrai in ascensore, ma lui tenne ugualmente la porta aperta per un breve istante.

«Noi abbiamo avuto quattro figli, e non abbiamo mai nemmeno pensato per un solo istante che la cosa avrebbe anche potuto non "funzionare" correttamente... Come può capire veramente quello che provano le donne come lei? Dimentichi tutta quella conversazione, non conta nulla... Buona serata, nonostante tutto. E buona fortuna...»

Poi la porta si chiuse, ma dovetti attendere un paio di minuti prima di riuscire a premere il tasto per scendere.

Certo, quell'uomo aveva ragione: dovevo dimenticare le parole della sua bella moglie, così fortunata e così piena di buone intenzioni.

Ovviamente quello che era accaduto non era poi così importante. Soprattutto per lei...

LA VITA È BELLA

La vita è bella. La collana che porto al collo è ornata di uccellini, le mie scarpe da ginnastica nuove fiammanti, di un bel rosa, non passano inosservate, i sushi sono perfetti e Parigi cerca di sfuggirmi attraverso il vetro del ristorante all'ultimo piano della Torre.

Charlie[4] lancia dei gridolini vedendomi tirare fuori dalla borsa il nuovissimo cellulare Hello Kitty con le sue paillettes rosa. Commenta con un: «Ma non è possibile!», ridendo molto forte. «Sai, è proprio perfetto per te, sembra che abbia sopra il tuo nome!» Spiego che mi è piaciuto subito, malgrado avesse appena quattro suonerie e un libretto delle istruzioni in coreano, davvero incomprensibile, oltre al fatto che non poteva fare le foto. Non sono riuscita a capire nemmeno come aggiungere dei nomi alla rubrica... ma sono

4 Il nome è di fantasia.

solo dettagli. Poi le mostro la mia nuova agenda rosa e le ultime foto dei miei gatti, mentre dormono nel lavandino. Commenta con un «Fantastico», ordina un nuovo giro di maki e mi incatena, fissandomi negli occhi: «E tu, come te la passi? A che punto sono i trattamenti per avere un bambino?».

Rispondo mentre attacco lo zenzero all'aceto: «Ma sì, va, sai... è sempre la stessa cosa... Per il momento, non accade nulla».

Non mi piace proprio parlare di questa cosa con lei, non voglio lamentarmi troppo. Non davanti a lei.

La osservo, con i suoi capelli corti, i grandi occhi neri, le mani troppo sottili che giocano con le baguette.

A vederla così, non si sospetterebbe alcunché. Si potrebbe crederla una modella, tanto la sua figura è sottile e leggera, però io so che se il collo del maglione le va ormai troppo largo non è per via dell'ultima dieta letta su «Elle», ma per quella terza chemio che le ha cancellato definitivamente i suoi tratti di ragazza. Solamente il sorriso immenso ridà al suo viso incavato un poco dello splendore di un tempo.

È il mio momento, ora, di farle delle domande. Sempre le stesse: «E tu, come ti senti? Sei su di morale? Riesci a sopportare la chemio?».

Alza le spalle mentre mi risponde, a voce molto bassa: «Mi sento uno schifo… per quanto mi riguarda, le vacanze a Kho Lanta sono ormai un sogno! Al momento non sono di certo presentabile in due pezzi di maglia!»

Rido con lei, ma il cuore non partecipa. Si gratta la testa usando la mano di piatto. «Vedi? Ricrescono! Ricrescono ispidi, ma ricrescono… tocca.»

Sfioro i suoi capelli da bambino, completamente nuovi, e mi ricordo la sua meravigliosa capigliatura bruna e ondulata di una decina di anni fa.

«Ma tu sei bella comunque…»

Charlie mi prende allora una mano, e i due uomini d'affari seduti accanto al nostro tavolo hanno uno sguardo sorpreso.

«Perché sono truccata come un'auto rubata! Avresti dovuto vedermi la settimana scorsa: stavo talmente male che non sono potuta andare al compleanno di Bidou!»

Bidou è suo figlio ventenne. Non lo si direbbe proprio, ma lei ha un figlio di venti anni. Proprio lei con la sua aria di attrice appena uscita da *Il tempo delle mele*!

Continuo a preoccuparmi per il suo stato, per l'evolversi di quella "schifezza" che la rode. Ha un gesto con una mano, come per scacciare una zanzara: «Sto combattendo, insieme con i medici dell'ospedale. Mi costringo ad abituarmi, tutto normale…».

Apro la bocca per chiedere informazioni sui nuovi trattamenti che, almeno teoricamente, non dovrebbero farle più perdere capelli, ma lei preferisce puntare verso di me una baguette, brandendola con aria minacciosa: «E tu?».

Mi esibisco nei miei occhi da trota stupita: «Io che?».

Imperterrita fende l'aria con la solita baguette, come se fosse una sciabola: «Sì, tu, tu, tu! Le tue FIVET, il trattamento, il futuro bebè... Che novità hai?».

Sta parlando con un tono stranamente alto, tanto che i due uomini d'affari si chiedono se non stanno per assistere a una lite tra amanti. Non so cosa rispondere.

Charlie ha un cancro da dieci anni. Non è riuscita a fermarlo, non ne è mai uscita. Al contrario!

Charlie ha la mia età, un figlio eccezionale, un ex marito straordinariamente gentile, un lavoro affascinante. Charlie aveva tutto, poi le è piovuta addosso questa cosa.

Ed è proprio per questo motivo che non riesco a parlarle dei miei problemi. Mi vergogno. È un po' come se mi lamentassi di un dolorino al gomito con qualcuno che sta per morire... Almeno io la vedo così. Di colpo rimango sul vago, dando dei particolari che conosce già, e poi improvvisamente cambio argomento. Ma lei, cocciuta, non lascia la presa, aggrotta le sopracciglia e sul naso le si formano delle piegoline buffe. Ed è proprio in quel momento che mi accorgo di quanto la sua pelle sia più molle e le rughe si siano fatte più profonde.

«Voglio che mi racconti tutto. Non mi dici mai niente. Smettila di fare la persona divertente a tutti i costi, non sei alla televisione, qui...»

Abbasso gli occhi, un po' mortificata: «E cosa vuoi che ti racconti?».

Alza le spalle: «Ma tutto! Come vanno le cose? L'intervento è lungo? Fa male? Terrai ancora duro?».

Le faccio allora un breve riassunto della situazione, senza dilungarmi nei particolari. Per distogliere un po' l'attenzione bevo un sorso di tè verde, che detesto, poi concludo solennemente: «Ecco, ora sai tutto, viva la procreazione assistita! Ma ovviamente è una stupidata a paragone del...».

Charlie termina la mia frase: «Del mio cancro? È questo che intendi?».

Evidentemente è questo, ma non oso dirglielo in faccia.

Allora, senza aggiungere nulla, mi batte con il fondo della baguette sulla mano. La sposto immediatamente, anche perché fa comunque un po' male.

«Ho un cancro. È così, e basta. Avrei preferito

avere dalla vita un dono meno ingombrante. Mi sto rovinando la vita, soffro, potrei morire, ma lotto, e tu non puoi batterti al mio posto.»

Provo un dolore fondo quando dice queste cose, soprattutto quando parla di morire.

«Io ti conosco bene, sai? So che non dici nulla per non scocciare gli altri. E tuttavia sarai sicuramente infelice.»

Gioco a fare l'indifferente: «Mah, sai, ci sono cose decisamente più gravi...».

Charlie sospira, appoggiandosi alla spalliera della sua sedia. Non posso fare a meno di dare un'occhiata al suo maglione, e intuisco l'assenza totale di seno, che non cerca nemmeno di nascondere con le protesi al silicone.

«Mah, sai... C'è sempre qualcosa di più grave, più ingiusto, più brutto, più insopportabile. Però ti confesso un segreto: quando proprio non ne posso più, quando non ho più la forza di lottare, immagino che una fata si materializzi davanti a me e mi guarisca con un sol colpo della sua bacchetta magica! E poi, vedi, il tuo desiderio non è affatto meno importante del mio...»

«Beh, insomma... il tuo desiderio è rimanere in vita, il mio fare un bambino. Non mi dire che le due cose hanno lo stesso peso, no?»

Charlie tira su con il naso, poi prosegue: «La vita non è una gara tra dispiaceri. Che sia grave o lieve, un dolore è sempre un dolore, una forte sofferenza. Non ricordo più chi fosse quello scrittore che disse: "Non ci sono dolori piccoli"...».

Allora la guardo, bella e trasparente, viva e già così lontana da me, e le sue lunghe mani, rese ancor più sottili dagli anelli diventati troppo larghi, stringono le mie sopra la teiera bollente.

Non voglio piangere, non voglio piangere, non ne ho il diritto...

Io non piango.

Lei sì.

NON DITELO A NESSUNO

È davvero folle quello che accade quest'anno!

Come per le prugne e le ciliegie, ci devono essere evidentemente annate "da donne incinte" come ci sono annate per i frutti con il nocciolo. Non vivo in campagna da dodici anni senza averne tratto qualche insegnamento. Ed è vero che quest'anno il mio albero è crollato sotto il peso delle prugne...

Lo stesso vale per le donne incinte. Ci sarà qualche influenza ancora sconosciuta del clima, o dell'acqua del rubinetto, o magari di un programma stupido alla televisione, perché non ne ho mai viste così tante.

O magari non ci avevo mai fatto caso, semplicemente...

Ma è vero comunque che, da quando so che non avrò mai figli, ho l'impressione di ritrovarmi ogni giorno in un remake di *Premier cri* (francamente, l'idea di fare un film simile, sul parto, soprattutto in questo momento... certo che quel tizio non ha alcuna pietà di noi! E comunque, non sono di certo andata a vederlo appena è uscito!).

Sono ovunque: attraversano gli spazi più angusti davanti alla mia auto, si siedono accanto a me al ristorante, mi chiedono «se voglio fare un trattamento dopo lo shampoo» dal parrucchiere, mi servono un espresso in terrazza, mi domandano di firmare in basso a destra quando vado in banca, mi sorridono, mi parlano, sono là… Ma dov'erano mai prima? Possibile che le avessi completamente cancellate dal mio campo visivo in tutti questi anni?

E tuttavia… Sembra che alla televisione non ci sia più un solo canale che non parli di bambini, gravidanza o parto. Magari state guardando in tutta tranquillità la vostra fiction preferita, oppure il telegiornale, poi premete sbadatamente il telecomando e vi ritrovate con un getto di liquido amniotico sulle pantofole, senza avere nemmeno il tempo di reagire. Come minimo, una bella sorpresa!

Non c'è alcun dubbio, in tv la "mamma-mania" impazza. È tutto un carosello di pancioni, di bebè, di pannolini, passeggini, carrozzine. Fortunatamente c'è pure *Super Tata,* con bambini da tre a otto anni che fanno impazzire giovani genitori sfiniti, e il *Grande Fratello,* dove imperversano quei tardo-adolescenti che vi fanno rimpiangere di avere avuto per un solo istante l'idea assurda di riprodurvi…

Ma io non ho proprio nulla contro quei pittoreschi programmi con una epidurale in primo piano e coppie che singhiozzano di gioia e felicità, la cuffietta da sala operatoria ben calata fin sugli occhi… Devo comunque imparare a osservarli nel modo più distaccato possibile. Come un documentario su un paese in cui non metterei mai piede.

Tutto ciò in cui mi imbatto facendo zapping si tramuta in una eco delle mie angosce.

Contrariamente a molte donne che vivono la mia stessa situazione, adoro veramente le donne incinte. Potrete tentare qualsiasi cosa per farmi dire quanto sia doloroso vedere una futura mamma, ma io risponderò sempre che non è affatto vero. Non è quello che provo. Io le adoro, e spesso mi lasciano anche toccare il loro ventre per sentire scalciare il piccolo (ovviamente le persone che conosco bene, non le sconosciute che mi passano accanto). Da parte mia, a dire il vero non so se mi piacerebbe che qualcuno mi toccasse la pancia, in quanto si tratta di un gesto molto intimo, non trovate? E invece quando mi danno il permesso di farlo impazzisco di gioia.

Per qualche istante, infatti, quando la mia mano si posa sul loro ventre tondo, entro in contatto con il piccolo, sento i suoi leggeri movimenti attraverso la pelle e mi sembra di accoglierlo dentro di me. Un segreto tra me e me, un dono leggero, un contatto magico che riverbera nella mia mano vibrazioni dolci e mi trasporta per lo spazio di un istante sull'altra riva del mondo.

Non lo sanno, ma grazie al loro gesto io vivo per lo spazio di un secondo una gravidanza per procura. Amo molto questi momenti brevi e intensi, che colleziono come minuscoli bagliori di stelle e mi riscaldano il cuore ghiacciato.

È un segreto: tenetelo ben protetto, non si sa mai... Se lo venissero a sapere, potrebbero offendersi, provare un dispiacere, pensare che rubo un pezzettino di loro stesse.

Allora, non ditelo a nessuno...

IL MAL DI FINE

In queste poche pagine non ho detto tutto, forse per pudore o per vigliaccheria. Il puzzle non è completo, ma che importa? Tanto alcuni diranno che ne sanno già a sufficienza…

Tuttavia la cosa più difficile non è stata scrivere questo libro e, a essere sinceri, non ho avuto la sensazione di vendere la mia anima raccontandovi quest'avventura.

No di certo: la cosa più difficile è mettere il punto finale a questo dialogo. Mentre racconto, mentre scrivo, mentre ne parlo, ho l'impressione che tutto non sia perduto. Che in qualche punto dell'universo ci sia una scintilla di gioia che mi è destinata… E mentre sento la mia voce dire la sua su questa mia necessità, do vita al mio sogno.

Ma nel momento in cui il silenzio sarà di nuovo padrone, quando tutto sarà stato detto, sviscerato e assimilato, allora giungerà l'ora di tacere o di parlare d'altro… È del tutto normale.

So che questo momento è prossimo, lo sento, come l'onda nera che ogni mattina mi stringe il cuore al risveglio.

E allora, vi prego, non domandatemi quello che conto di fare adesso. Non chiedetemi quello che accadrà dopo questo libro, quali sono i miei progetti.

Perché, in fondo al mio cuore, so che non posso che rispondervi: non lo so. No, davvero, non lo so...

Mi spiace...

Ringraziamenti

Ringrazio mio marito, che in questi quattro anni di matrimonio ha conosciuto, sopportato e accettato il dolore, le tempeste, i drammi, l'assenza, le pene. Per lui desidero solamente una vita piena di risate e colori, gioie e spensieratezza, come dovrebbe essere quando si hanno ventiquattro anni. Mi spiace…

Da parte mia ci ho messo tutto l'impegno possibile, ma le persone citate di seguito si sono davvero adoperate per ottenere i risultati sperati. Come non ringraziarle dal profondo del mio cuore?

Grazie al dottor Alain T., per la sua conoscenza, il suo sapere e la capacità di ascoltarmi, al dottor Philippe L., il mio "dottor nanna", per il suo buonumore e le piña colada che fanno apprezzare pure l'anestesia totale, a Marie, il mio angelo custode, alle infermiere del reparto che sono pronte senza esitazione a tenervi la mano quando soffrite, al dottor Loïc R., con il suo fascino, la sua gentilezza e i caffè che offre per ridare morale quando le ecografie non sono di certo incoraggianti, al dottor Jean-Jacques V., che da cinque anni non ha mai smesso di infondermi speranza e volontà di crederci, alle ragazze del laboratorio centrale e ai loro continui incoraggiamenti nei momenti più neri, a tutta l'equipe che si occupa della FIVET, a quelli che hanno dovuto annunciarmi le cattive notizie, preoccuparsi del mio trattamento, osservare i miei embrioni progredire al microscopio, a tutte le coppie incontrate in questi anni nelle sale di attesa, così presto al mattino o tardi alla sera, ai loro sguardi perduti che incrociavano il mio, alla loro complicità muta, alla loro discrezione così preziosa.

E poi grazie a Françoise e Philippe per avermi sostenuta in tutti questi anni, a Zaza e alla nostra amicizia che dura da sempre, a Véro e a tutte le lotte combattute insieme, a Isabelle Degeorges, mia amica, produttrice e mamma di due bambini deliziosi, alla mia incredibile famiglia italiana così vicina e così affettuosa, alla nostra somiglianza tanto rassicurante, alle radici comuni che mi rivelano da dove vengo, a Massimo, Stefania, Alice, Rosella, Sergio, Manuela, Demitrios, Antonella, Andrea, Ebbe, Wilma, Giorgio, Alessandro, Simona, Nicolò e Arianna...

INDICE